前川斎子歌集

SUNAGOYA

現代短歌文庫

砂子屋書房

『斎庭　ゆには』（全篇）

解説

前川斎子歌集

『斎庭　ゆには』（全篇）

朝影

存在の先ゆく言葉わが肉に宿りておのれ蝕
まんとす

思はざればあらざらん身のわれなりと思ひ
て眠る夢にわれあり

緑色《りよくしよく》の罠に落ちたるヘンゼルの手首ほそ
りて月ふとりゆく

汝の負ふシメール透けてみるやうな朝影の
なか声もあげずに

あかときの光のなかをしなやかなけものと
なりて君かけたまへ

石山寺の山をめぐらす細径の梅の香に聞く
ふるものがたり

ここに立ち幾世隔てててながむらむあふみの
海やひとの恋しき

朝影に泡だつ梅の香にまぎれ夢びと出でて
ものがたりせよ

春あさき濠のやなぎの糸みだれまたうらう
らに光あつむる

楊柳の風にまかせて打ちなびく打ち解けがたくありし我はも

濠端をうちつれ歩みし人とほく回春の沙汰風にさらはる

風の回廊

ころころと笑ふをみなのこゑ澄みて遠山さやかに春の化粧《けはひ》す

今はとて啼きわたりけり春鳥のこゑ恋しきはむらさきの暮れ

春まだき裸木の回廊ゆきめぐる風にあえかに木霊《こだま》鳴りいづ

水ぬるむ沢辺をゆけば若菜つむ春の仕草をわれもしてけり

風ふけばもえぎうすべに羅衣《うすぎぬ》をまとひて木木はみじろぎにけり

いたづらにけふも野づらを吹く風に土筆ほほけて春闌けぬべし

永き日を懶惰によこたふうたたねの夢を違
ふる春あらし過ぐ

暗きより萌すいのちに抗さずは春宵おぼろ
なに怨じけむ

頭の奥に古り棲むささがに不条理の網はり
めぐらして闇を紡ぎぬ

春かすみ花のまぎれにわらわらと湧き出で
て来よ酔狂人《うかれびと》どち

とこしへに咲きか散りなむ桜狩り花に疲れ
てゆく春のくれ

いくたびか花のこずゑを打ちふるふ過ぎに
し風といづれまぼろし

やまざくら

遠目にも芽吹きは仄とけぶらひて萌えなむ
とせり山さくらばな

やまざくら薄くれなゐに霞みつつ夕光のな
か見ずかなりなむ

やまざくら散りつづくみち風のなか春の行方を追ひかけてゆく

散る花をはかなみ浮かべる水鏡うつろふ枝にしばし重ねむ

ゆく春の泪のしづくたえだえに散りゆくものかやまざくら花

花逍遙

薄づきて照れる春日にかげろへる花の木の間を過ぎにしこゑごゑ

差しのぶる花のうてなに座して見む春や昔の夢にこぼるる

里ざくら匂ふかなたに茜さす遠山ざくら萌えいづるころ

めぐり来る花の春日にたちあそぶ翁やあらぬ小塩の山に

時じくの花のあらしに巡りあひて行方も知
らぬ逍遙のくれ

濃き薄きくれなゐ匂ふさくらばな吹雪く谷
間に人を死なしめ

死してなほ花の呪縛や解けざらめ小町業平
西行宣長

眼下には花をめぐらす低山のくれなゐ埋む
回向はじめむ

鎮花祭

ふうはりと空に浮かんで眺むれば長閑けか
らましやまさくらばな

うすがすみ空にみち照るさくらばな惑ひ出
でずや木の下暗《したやみ》を

かきくもる苑の奥処のひと本の死を装ほへ
るさくらばなはも

霞みつつ虚空《そら》に吸はるるさくら花にはかに
吹きくる花の嵐に

とどまらぬゆく春のみづ花降りて流れにか
くるる思ひの種種《くさぐさ》

ひかり帯び散る花びらの影ごとに薄くれな
ゐにゆらぐ池みづ

散るはなの魔性にまどふ心より鎮花祭《はなしづめ》こそ
乞ひねがふなれ

散る花の風にながるる跡絶えて青葉の梢《うれ》に
日数かさなる

あふみの春

咲きそめし梢に春の雨しきり忘れてひさし
憂きひとの顔

春雨に半ばふりにしさくら花うすき思ひの
けぶりたちこむ

長雨《ながめ》せし花のいのちを病む空にくれなゐ薄
き恋もありなむ

花の雨しめやかなれば憂きこともおぼろに
包む春のまひるま

散りかかる花のいのちをてのひらに掬《むす》びて惜しむあふみの春や

花のふる里

あくがるる魂のゆくへに現れてはつかに見えし花のふる里

いくそたび夢にかよひし吉野山分け入りそめしいつの世の春

上人の岨つたひゆく危ふさや思ひの外の小さき庵に

横たはる老い木の桜の枝折りて杖とはなしき帰る山路の

伐られたる枝葉のこゑのまぼろしを身内にしまふ歳月ふかし

み吉野の春のひと日の花に暮れ山ふところに寝ねしおぼろ夜

花の余波

散りそめてちりつくさずは鎮まらぬあらし
の山波立ちかへり来よ

山ざくら散りにし跡の形見なき身には卯月
の蔭しのびよる

差しのぶる八つ手若葉のぬれてゐるやうな
暮春のせつなに狂《ふ》れて

春すぎて更へし衣に馴染まざるこころの外《ほか》
のみどりの氾濫

羊歯の林まよひ出づるやあぢさゐの森に入
りゆく夢に蝶たり

炎　天

炎天の夏草のなか遁れ入る蜥蜴の追走アリ
スのごとく

立ちすくむわがまなかひをゆるやかに蛇這
ひ入るや草迷宮

夏草の茂みに覗く昼顔に忍び笑ひする少女視てをり

ゆくてには心を閉ざす夏草の茂みに流るる葬列の歌

こゑのみとなりてひろごるひぐらしの翅音に沈む薄明の空

寄るべなく鳴くひぐらしの声みちて掻き立てらるるゆふべの悔恨

黄昏を待つまでもなし焦燥の心ふるはすひぐらしのこゑ

炎天のしづまりかへる夏草の茂みにうつる爬虫類の影

さかしまに木立をうつす池水の夢幻を引き裂く水鳥の水脈《あと》

こもりくの苔のひかり謎めきてさそひこまるる蔦の細道

じつと待つ時の澱みの底ひまでしづみてゆけばみづ青みたる

点点と蓮をさな葉は追憶の水辺に浮かぶ笹舟のやう

葉月待つ蓮《はちす》の青葉むらがりて池水見えねば歩み入らむとす

長き夜の夢を目覚めてゆくやうに開きはじむる白蓮の花

蓮池のみぎはに寄れば鳥獣のあそぶゆふぐれ戯画に入りゆく

立ち枯れて崩折《くづを》れてゆく蓮池に佇《た》ちて見てゐし真夏の亡霊

ひと夏のをはりを告げて水茎の泥のねむり水底《みなそこ》ふかく

緋の烏瓜

くれぐれの秋の山路の行き交ひにしるべともせり緋の烏瓜

夏の夜のまぼろしに咲くからす瓜かづらの夢さめ緋の実遂げけり

硝子窓夜の寝覚めにふとも見しうつしゑの守宮うつつと思《も》へず

母墓前コスモスせんぶり活けをれば黄蝶来たりて奇しき夢舞ふ

あくまでも青澄みわたるかなしみの秋の日の色鮮明になる

さだめなく視線さまよふ水平線白帆の切尖たゆたふままに

けふもまた入日に立てばくれなゐの千入のまふり胸にしみ入る

眼つむれば心さわだつ鳥のこゑひのき林をとりとめもなく

帰りみちあるはずもなしわらべ唄うたふ少女は何処のほそ道

ゆふやみは灰紫にかすみゆくそのむらさきに融けてゆく髪

冬木立

吹き抜ける風に洗はれ冬木立なほそがれゆく秀つ枝するどし

熊笹のふち白ければ冬近しささめき戦ぐそのモノロオグ

くまささの縁どりきよく美しく冬日に晒され臥すごとくある

ゆきかよふ路地の細径くまささの白刃の先に障るゆびさき

雪埋むくまささの葉先仄見えてうづめつくせぬ科《とが》のごとしも

黒ぐろとしづむ山かげ灯ともれば眠れる獣のまなこひらかる

谷かげにくれなゐひとつ藪椿こごえる血潮ほのかに匂ふ

きさらぎの別れのあした空閉ぢて乳白色にこごる日輪

如月の空に鴉の数みえて不意に降り立つかぐろき羽音

わらわらと鴉かけゆくあと見れば曇りもはてぬきさらぎの空

みちのべの椿はかくも惜しみなく誰がためにとぞくれなゐちらす

そそり立つ古杉の秀つ枝裸木なし水煙のかたちにとまる鳥影

蒼穹に投網せしごとひろごりぬ裸木の木末
めぐる鳥影

春風

たはむれに髪撫でてゆく春風にこごえる指
さき解けてゆくころ

ふりそそぐ絹のひかり春の日にかぎろひも
ゆるほろびの笑ひ

春の夜の夢くだけちる枕べにさざ波のごと
われを呼ぶこゑ

春鳥はまなくひまなく喚び交はし春のかぎ
りを尽くしてやまず

見尽くして食べつくしてもなほ飽かぬ菜の
花畑に月かたぶきぬ

病室の白布によこたふ亡骸は貝殻のやうに
は鳴りいでぬなり

逃れたき思ひむすぼれ夕庭にあら草むしる
その根かこちつ

あかときの予感にふるへ鳴きいづる眠りの底に鳥のこゑみつ

青葉かげふりしく雨に白栲の木の花咲くやみそぎするらし

ふかみゆく木群《こむら》の底に身を鎮めいまひとたびのまぼろしを見ん

渇きたる心うるほす雨後の苔の青きを見ればいよよ身にしむ

五月闇やみはてし母の俤をうつす鏡のわれにおびゆる

夏の日

夏の日の白きかなしみ色褪せし合歓はめざめむ薄明の街

長雨《ながめ》せし窓にうつろふあぢさゐの花の色にも染まぬあけくれ

生ひ茂る夏草のみち踏み分けて山廻りする山姥われは

思ふさま夏野を尽くすあを草の野生に追はれ野性にかへる

われもまたこの草迷宮を宿とせむ鳥獣虫魚のこゑみつる季《とき》

夏草の茂みにまじる昼顔の笑みこぼれつつ九夏はてたり

吹き返すあらき松風よもすがら湖水をわたる神神のこゑ

おもひでは白詰草の咲く野べの花にまぎるる蝶にとどかず

陽炎立つみち

泪さへ涸れにしこころの隈ぐまを風に晒して石となるまで

アスファルトにわが影落ちて音絶えし真昼の街角死者のごとくゆく

古の陽炎立つ見ゆ真昼間の招提寺みち往きて還らん

招提寺の土塀をはしる裂ふかく時を封ずる葛《かづら》のしげり

足並みの乱るる刹那垣間みゆ地獄絵のなかの人間の貌

石段《きだ》に死す白き小蛇を越ゆるときわが罪障の贖はれむか

悼　楸邨師

この夏の泰山木の咲くを待ち散華をかぎりのいのちなりけり

なき人を泰山木にしのぶれど雨に打たるるおほき白花

思ひ出づる時のかたみに水茎の跡まぎれなき人の影たつ

そしていま老大木の倒れゆく大地によこたふ君が似姿

いつしかにわれのめぐりに見し人のなき数そふる空しさにをり

おのづから手向けの花は咲きいでてなき人しのぶ時をたがへず

あふぎみるかの水無月の空に浮く泰山木の花に別れき

ま白き季節

陶人の生命《いのち》をそそぐ指先をつたはりて来し
土のぬくもり

染付けの慥《たし》かなる線描みつめつつ注げばゆ
らり菊花文様

萩のはな散らすゆふかぜ立ち返り時の破片《かけら》
をちりばめてゆく

しろがねに光る尾花の波しづか帰化植物は
黄に泡だちて

秋風になびく尾花に入り乱る帰化植物の鬱
金の触手

限りなくま白き季節　汚れつつ埋もれてゆ
く薄きなづきは

刈りとれぬ人のこころの底ふかく生ふる玉
藻のことの葉しげき

夢に逢ひて語りもあへぬたまゆらを面変は
りゆくひとの恋しき

胸底の瀬音は低し街角のB・G・Mの高音
やまず

眠られぬ真夜のかたすみ鏡面は沼のごとき口開けてをり

ふりむきて近づく鴉にとめし眼を射ぬかれぬかと嘴《くちばし》おそる

生《あ》れし日の瞼の底ゆひたひたと水嵩ましつつ濁り水ゆく

笹の葉にしぐるる秋の泪ためこころ弱りて絶えにしひとよ

中天にかかる半月影澄めばかかる貧しきわが額てらす

ひたくれなゐ

木枯らしの果てはありけり秋の葉のひたくれなゐや思ひ絶えなむ

吹きぬける路地の凩くまささの乾きし葉擦れせめぎあふがに

木下みち降りつむ朽ち葉こまやかに踏みしむるこころ優しくなりぬ

そのかみの三輪の社の注連柱出で入る時しも神ちかづきぬ

うづくまる社の森に風すぎて重きこころが
動きはじむる

旋律は研ぎすまされて潮《うしほ》なしおほわたつみ
にわれを呑みこむ

音曲の衣をまとひ宙を舞ふ現身のひと狂は
むとせり

無為の扇

あけそめて仄かに白しさざなみの志賀の湖
上にまぼろしのこゑ

旅に死せる古人の跡をしたひしも堅田の浦
に舟影を見ず

まさをなる芭蕉は夢のごとく立ち無為の扇
をかざす木枯らし

木枯らしの冬に逢はむと落ち葉まふ風のま
ほろば響《とよ》みゆくかな

狂奔の鴉の群かうべなへぬ世にあらがはずあるがかなしき

をちこちに鴉さわがし遁走の密かなくはだて見透かすごとく

雨やみて梢にたまるしづく冴ゆつゆまどろまぬ脳《なづき》の一点

未然の原

病むひとを隔つるうすき乳白の闇に吸はれきこゑはとどかず

吊られたる服のふくらみ不在なるひと夜浮遊す人形《ひとがた》ならん

風まぜの雨ふきつける窓の外《と》に雷《らい》孕むらん如月の空

きさらぎの不機嫌の空ふきあれて濁れる日日のみなそこ渫ふ

狂ほしく吹雪まひたつ夜半の覚醒けものめきたる手指かなしも

いとどしき渾沌の夜を降りつみて浄められたる雪のあかつき

夜をこめて降りにし雪のあさぼらけ未然の原に歩みをはこぶ

実朝の浜

行き暮れてこの石階《きざはし》にたちこむるまさびしき影われを捕ふる

前《さき》の世はここに在りしか鶴岡の悲劇の段《きだ》に雪は降りにき

段《きだ》なして冥き海ばら波走る実朝の浜にあらし近づき

人の世のさざ波はるか遠のきて虚空に砕くる波のはな見つ

かりそめの位階のぼりき昏昏と死の夜をうづむ雪の無言歌

大海に見し蜃気楼実朝の遁走の方舟《はこぶね》朽ちはてし浜

夕　蝶

夏に向かふ白衣まばゆしわがこころくらむ緑の葉はかさなりて

わが窓に羽化はてし蝶放ちたり越ゆべきけふのはつ夏の空

行きて負ふかなしみの森ぬふやうに予言はしれり一粲《いっさん》の蝶

十薬の白きはまれる夕庭に蝶ははげしく身をふるはせる

夕蝶の影なつかしみまどろめばあくがれ出づるたましひの道

紫の匂ひあらそふかきつばたあやめも分かぬみちに迷ひぬ

さみだれに水際まさりてかきつばたかくる
思ひはむらさきのゆゑ

若草のしとねに横たふ肉体の青透くまでを
身じろぎもせず

潜みゐん鳥けだものよ出でて来よ反逆の斧
の柄朽ちはてぬまに

風わたる林の木末さやげども化石の記憶い
だきて眠らん

風はらむ篠懸の青葉ひるがへりあからさま
なる虚実のゆらぎ

雨はれて葉末の玉水たまゆらのひかり宿し
て今かくづれむ

青　扇

道とほく梢をくらみほととぎす覚束なきに
恃むそのこゑ

あくがるる魂のひかり尋めゆけば水田の螢
ほの明滅す

夕風にたれ掻き鳴らす琴ならむすずろに夜を明石の松風

雨かぜに破れやすきをいとほしむ翁の無念をたわむ芭蕉葉

芭蕉葉の蔭にあそびし翁さり青扇そよぐ野に立ちつくす

青葉かげそよともゆれぬ炎昼の無言の空にうかぶしら雲

たゆみなき読経のこゑは炎昼の葛城の空たちのぼりゆく

つつがなくひと日終へしと思ほえど忿怒のごとし宵の稲妻

送り火の影にゆらめく踊り手の行列の円輪廻のごとく

暁の紡錘

短夜の月下の森に虚を見せて実《じつ》を言ひ出づ緋のからす瓜

夏の夜の夢を紡ぎし白糸のいろに出でなむ暁《あけ》の紡錘

夢孕みもつるる糸のひとすぢのゆくへをたどる三輪の紡錘

たがために雪の芭蕉のいつはりの夢を結べる冬の夜の月

ほの見えし弓月が岳にたつ虹に思ひのこしてふたたびを見ぬ

ゆくりなく雨の宿りに虹たてば晴れぬ思ひをまぼろしに懸く

秋の日の岩肌を射すかげふかく人界斥く戸隠の尾根

燃えたちて枝に別るる秋の葉に身をこがらしのあけがたの空

死ににける友の知らせははらはらとさくら紅葉の散りつぐ夜半に

青蓮に常世のひかりながれしも秋闌けて見ゆ残亡の池

葛の葉のおほふ斜面に花ふりて秋くれなゐに爛れそみゆく

死の季節

かなしみに塗りこめられし少年の日日遠ざかる悲鳴のごとし

ひきしぼる少年のこゑながらへて耳ぞこに鳴る鳴りやまぬなり

天神の杜のほそみち牽《ひ》かれゆく往きてかへらぬ子らの唄ごゑ

いつしかに列をはなれし病雁《やむかり》の悲鳴いづくの海をただよふ

わらべ唄絶えて久しき天神の杜にうづまく死者のもろごゑ

純白の欠けゆく月の面しづめ化粧坂《けはひざか》くだるみちほそりたり

枯れがれの木立をゆけばうつせみの身の透きとほる黄昏《たそがれ》は来ぬ

微熱帯び横ざまに見る日常の家具の狭間ゆ遁れゆくもの

風あらく心よわりてきりきりと母の形見の帯緊め結ぶ

仕忘れし事あるやうな中空を隈なく照らせ
十六夜の月

さかしらに泡立つこころ押し殺し夜叉の眼《まなこ》
に凝《こご》る三日月

足早に行き交ふ路地の細径につまづきて知
る菫むらさき

広重の雨脚うかぶ夕まぐれあしたに絆《つな》ぐ文
をしたたむ

春の潮

風さむみ春ともしらぬ裸木の山なみ越えて
霞み立つ海

春かすみ岬に立てば沖の島見ずとも見えて
あるとしもなき

走り水ゆきかふ船の数みえて弟橘媛の歌こ
そ聞こゆれ

浦賀水道出で入る船体ゆるゆると春の潮の
たゆけさを曳く

緩慢に春のうしほに漂はすおもひは遙か海《うな》
境《さか》を越ゆ

白き破片ただよふ鷗にまぎれんと眼《まなこ》こらせ
ば悲しみ来たる

遠さかる船体視野にうしなへば漂泊のおも
ひいやます海峡

さだめなき波路に心あくがるる鷗に言問ふ
このわだのはて

牡　丹

万緑のなかにひともと牡丹花は侵しがたき
薄闇を抱く

ひらきそむ庭の牡丹花遅遅として幾日むさ
ぼる無為の美徳を

牡丹花は未明の庭になほしばし開きかねつ
る花びら幾重

むらさきの花をあざむく摺衣ひとによそへ
し過ちならむ

道のべの菖蒲《あやめ》あやめし盲ひなれ花盗人を殺《と》らさむとせり

さまよへるたましひ何処雨の夜は水田《みづた》にすだく螢狩りゆく

明暗を分かつ硝子戸引きあけむ薔薇の香に顕つかの夏の日へ

奔放にはつなつの陽に咲きさかる薔薇の名前は問はず過ぎにき

薔薇めづる女人のめぐりに鏤むるばらものがたり薔薇の紋章

酔翁狂客

めくれだつ葛の葉風に煽られし紋白蝶の無韻の輪舞《ロンド》

五位鷺の脛を浸せる余呉の湖ことあたらしき旅のはじまり

旅の空見えつ隠れつ伊吹山孤山の徳とたれか言ひけむ

浮御堂堅田の浦にとめゆけば酔翁狂客呼ばふこゑする

来し方を座してながめむ浮御堂千体仏の光《かげ》
ぞひさしき

彼《か》は誰《た》れそたたずむ影はほのぼのと渡れぬ
橋に誰《た》そ彼は来ぬ

かぎりなく遠さかりゆく生れし日の内耳を
浸すみづの水上

いつしかと三五夜中の空はれて人待ち顔の
月あかるめり

なにとなく日待ち月待ち庚申待ち君待ちが
てに夜ぞふけにける

かむさびの庚申塚の三猿の栖なりけりわが
盲目の日日

しんしんと冴えゆく月の夜半なれば秋のひ
かりに濡れてみるべし

伝承の鳥の翼やひさかたの雲のかよひ路絶
えてひさしき

墜ちてゆく全き青の空のふち重力のかなた
秋ふかみかも

臥し折れの庭の白萩かなしめて葉末を抜け
る颪の清冽

丈高き泡立ち草の黄になづみ銀の尾花にかよふゆふ風

秋の扇あるかなきかの風ながら非情草木くれぐれに愛づ

病み臥せばさながら見《ま》みえし前《さき》の世の記憶をきざむ体内時計

憂愁はおもく垂れこめそのままに身動《みじろ》きもせず降《くだ》ちゆくなり

約束の火

かがなべて落ち尽くすまで目守《まも》りゐる娑羅の木の葉のゆく風のむた

草もみぢ野に放ちたる約束の火と思ふまで問はれしひとはや

さんざめく木末あふげば大公孫樹鬱金のくだち地を覆ふなれ

散りまがふ秋の朽ち葉の量《かさ》ふかし無尽のまなこ蔵されてゐむ

秋霖の雨条を画きし広重の飛脚の足にかかる玉章

風をきくあかとき闇のうつつより見えざるものの声ごゑちかし

年ごとに心の風穴ふかまりぬこゑすさまじきけさの木枯らし

見出せぬ手足欠けたる人形を捨てきれぬまま古りにし歳月

謎解きの迷路あそびに興ぜしも今日に至れり出口あらなく

遠離る夜道の足音いつしかに薄れゆくなり記憶の疵口

とめゆきしかの日の室生寺ふりしきる緑雨に未だつつまれてをり

いつの世に流れ泊てなむ川逍遥ゆふがすみ立つ大堰の川波

待つといふ時かさね来て回想の庭に笑みとくしら梅の花

枯れ野

朝まだき神のけはひはのこりゐてわれの肺
腑に吸ひこまれたり

虫めづる姫君ここに眠らせて虫狩りゆかむ
夢の枯れ野へ

枯れがれの二月の舗道からからと風に狂じ
てめぐる小車《をぐるま》

不機嫌に吹きあれ狂ふきさらぎの風に五体
を軋ませながら

せめぎあふ葉摺れの音が小きざみに近づい
て来る耳ぞこに鳴る

小止《をや》みなく打ち寄せかへす波のごと竹群さ
わぐ風のまほろば

追風に吹きたわめられしたたかに背をゆり
起こす竹群の艶

風を聞く曇硝子の内外《うちと》にはおなじ音色の通
奏低音

雪のゆふぐれ

雪おもみ生木裂かるる音すなり白き樹身を
出でゆく木霊

朝より降る雪の枝にみじろがぬ餌まもる鵯
の孤影かなしも

生存をかけてあらそふ冬鳥の潔《きよ》き翼にあは
ゆきぞふる

この庭の主となりしか鵯のあたりをはらふ
声ごゑかなし

甘美なる死の想念の消しがたきこのきさら
ぎの雪のゆふぐれ

風やみてふとよみがへる耳もとに鳥のさへ
づりまたなくやさし

なにとなく日差しやはらぐうたたねの枕に
ちかき春鳥のこゑ

緑　羅

鉛色の空にしづもるむらさきの桐の花階《はなきだ》く
づれゆく見ゆ

五月山むらさきの滝の幾くだり藤波立てば
こころ騒だち

悲しみは渾沌としてまどろめる子らの額に
そよ青葉風

五月闇ふかき淵よりめざむれば声啼きすて
てゆく不如帰

音信《おとづれ》はをりふしあれどほととぎす見さだめ
がたき薄くれの空

あかときの寝覚めの耳にのこれるは夢に入
り来て啼くほととぎす

つつめども梢をわたる微風《かぜ》にさへ騒立ちや
すき五月雨のころ

打ちかさぬる緑羅のかりぎぬ青葉蔭しづく
にさゆる豊饒の雨季

生えそむるみどりごの白歯おもほゆる竹の
初枝にひかるさみどり

夕風のふきぬけしあと白緑の竹の柱のあはひすぎ来つ

声高にさへづる鳥の群れちかくわれに関はりなく遠さかる

ことごとく乱りがはしき風説の戦ぐ林におとろふる耳

後　影

炎天のふさふ佐美雄忌たましひは赫奕としてわれら照らしぬ

捕らはれの詩神《ミューズ》の歎き消えのこるうつそみ割きて飛び出でにけり

後影《うしろかげ》みずかなりなむところまで草茫茫として道ほそりたり

笹をもて蜘蛛の巣はらふ山行きはつひに狂女の心地こそすれ

見し夢のつづき閉ぢこむ真昼間の熱波葛の葉斜面をなだる

夏虫の身を灼く炎なかに見しものは不動明王の遠いまなざし

残夢残月

燦然と崩れゆく刻《とき》うつくしき闇を焦がるるおほき徒花

夏の夜の虚空に砕くる火の花の刹那をほろぶ黄金《きん》のしづくは

天井の木目みつめて寝ねがたき短夜しらむ残夢残月

夏はつる野面《のづら》をわたる秋かぜに恨みがはしき葛の葉さわぐ

気まぐれな秋風に鳴る風鈴と金属音のかなかなかなし

草はらに犬あそばせてゆく夏の余波に浮かぶ夕顔のはな

夏の日の思ひ出に見つゝうすあをき夕顔の実のふとりゆくまで

秋草の数そひまさる深草野おどろの下みち分け入らむとす

風ふけば道のべの萩打ちふして祈りのごとし微塵ちりしく

曼珠沙華野に忽然と咲きだせば忘れかけたる面影に燃ゆ

雨はれて葉末におもる紅萩のしづくたまゆら露うたがはず

いとどしく時雨ふる日はつれづれとうはの空なる言の葉繕ふ

長雨《ながめ》せし庭の草木のうつろひに馴れにしこころもてあましをり

双の眼

立ち迷ふわれを招き寄すごとく双手《もろて》の動く方に目覚めぬ

きのふ見しひとみに宿る月かげは夢より出でて夢に入りゆく

言葉なく見つめをりにしたまゆらをとこしへの時間《とき》ながれ出づるを

おしなべて四方のもみぢ葉うつろひぬ往きて還らぬこゑごゑやさし

澄みとほる秋の日射しに堪へかねて一叢《ひとむら》薄穂に出でにけり

あらかねのあめつちに満つ光の矢に身を透きとほす汝は秋山

飲みかけのワイン読みかけの書に埋むはてしなき夜夜ものがたりせむ

定まらぬ視線さしあぐる夕空に双《さう》の眼《まなこ》のひかり降り来ぬ

仰ぎみれば仄かに笑みしみひとみのそそがるる身のほども知られぬ

如月尽

打ちかさぬる無尽の落ち葉のみちつづくその色色にまじりて眠る

うらがれの庭のかたすみ千両の実ほどの勇気あればうれしき

蔓草に縛《いまし》められし喬木のすがたあらはるきさらぎの空

吹きつのる凩のこゑ窓越しに二月の刺客の数を聞き分く

剪られたる枝まぼろしにして無骨なる老木《おいき》のいてふにけふも会ひたき

見あぐれば妄執の翼ひるがへし鳶はてしなき円環のなか

きさらぎの白濁りたる雲低く空のまほらに点もる日輪

群雲の打ち重なりて疾走《はし》る日は西に傾くこころにまかす

観念の末のきさらぎおぼろなる日輪の影まぼろしならず

月明かり

生れし日のわれとわが身に和解せる今宵の
月かげ明らけくこそ

月明かりに仄かにものを思ひそめてき昔を
返す十三夜なれ

きさらぎの天心にこごる望の月友とせし日
日いまはむかしに

ひとたびは捨て置きさりし襤褸さへ赤裸な
こころ包むきさらぎ

きらきらし記憶の破片とりあつめ枯れ木に
花を咲かさむとせり

きさらぎの色なき木の間に花そふる行き交
ふ袖のはつかに見えて

眠りゐし守宮の子どもを驚かす指さし入れ
し文箱のそこひ

誰れをかも死に駆り立てむきさらぎの闇の
うつつに梅の香をきく

彗星の尾

暁闇の空にあやふき常ならぬ光あれこそそ
れかとも見め

ぼおとして暮れはての空に彗星の何のかね
ごとさきはひ観ず

さきはひは尾にはなたれむほのぼのと眺む
る星のその間近さを

ちかづきし彗星の影見しままに見えぬ軌道
が夜を錯綜す

ひととの距離いかに保たむ彗星の末ながき
尾をかたみに眺む

同じくは虚空をながれ水にゆく遊行のここ
ろ仮の宿りに

遠さかる彗星の尾のながながし春のひと日
をぼおとして過ぐ

鎮魂の雨

万緑のなか後れ先だちゆき給ふふたつの魂
の在処を思ふ

君を泣くひところゑ絶えて鎮魂の緑雨につつ
まる浄智寺の庭

いとどしく降り来る雨かたまきはるいのち
やすらふ緑の葉蔭

ほととぎすことし聞きそむ音を啼けば中有
の闇に耳そばだてる

午前三時もぬけとなりて面影のひかふる方
に声なくひとを呼ぶ

かしこより響ききたりて注がるるゆたけき
みこゑ身よりあまれり

笛の音に硬質《かた》き響きの打ちまじり懐かしき
こゑ身にそひ来たる

紫の雲よ洩れいづる天つかげ心耳《しんに》にふるる
こゑを恋ほしむ

亡き人を弔ふ中有のときかけて庭に咲きつ
ぐ娑羅の白花

惜しみなくひと日のいのち捧げ落つ娑羅の
木のもと花殻ひろふ

猫じやらし

猛き陽に爛れしをるる葛の葉の裏みす隙に
くれなゐくらむ

黄土色の蛾の群れてとぶ木下みち行きすぎ
がてに犬もおびゆる

縺れ飛ぶ黄土色の蛾のゆくてには黄泉の通
ひ路みる心地する

庭師断つ鋏の音のさびさびとひびく一夏《いちげ》の
しづけき真日なか

ひぐらしの声にまじりて間遠なる鋏の音に
削がれゆく木木

眼を病みしきみの無聊やなぐさまむ仔猫二
匹がかたへに眠る

時雨来てこもる家内にむすぼほる思惟解く
猫のかろき足音

どこまでも宿雨にたわむ青竹の葉末にむすぶ夢の玉水

物の影かたちうしなふ薄くれを猫の双眼ひかりを帯び来

暮れてゆく秋草野辺にたちまじり風にさらさむ身の透きとほるまで

入り日射す野辺に黄金《きん》の猫じやらし靡きやまずも秋のかぜふく

ありてなし

夕づく日一樹の影を画きそめてその西方に召されしひとよ

直截にもの言はむとすれど心よわき目にうつろひの残菊のみち

星合の空の別れのむなしきに絶えだえ懸けし夢の浮き橋

ありてなし三間四方の板の間のまぼろしを踏むうつつを納む

とめどなく落葉《らくえふ》の雨ふりしきるこころの秋の黄金《きん》のたそがれ

一葉の文に射られし病雁の雲の通ひ路かぜ吹き閉ぢよ

しがらみを幾重ほどきて旅の空北斗の星のひかり定めて

尋めくれば石より白し秋のかぜに巡りあひたり那谷のみ寺に

冬の入口

やはらかき日差しそびらに注がれて肩の荷おろす冬の入口

いつしかに雨おと絶えてしづかなるあけぐれの空雪ふりしきる

夜べの雨雪になりけり未明よりましろき闇に音は吸はれき

来し方やゆくすゑまでも降りつづく雪のましろに埋みはてなむ

雪おもみたふれ伏すとも竹の節に保たれてゐんしなやかな鞭

消えのこる山畑の雪きらきらし晴れ間ひさしきけふの遠出に

風に折れ雪にかたぶく草木《さうもく》のこゑ聞こゆなり山廻りせん

春　雷

気儘なる猫をあやしみあまつさへ愛しはじむるわれならなくに

人まさに互みにあれどとことはに阿修羅なりける君をなげかゆ

しばらくはわれに寄りそふふりをして猫あゆみ去るかなしみのごと

うづたかき新刊本の音たてて頭蓋をくづる春のいかづち

春雷に寝覚めのよはの窓に見す白昼のゆめ照りかへす空

春眠のさめやらぬ眼とりあへず浅葱の衣とり出だしみん

雨月

なほざりの延び放題の草木木に押しやられゆく庭の片隅

目につけば敵《かたき》のごとし藪枯らし根こそぎずるり引き摺り出しぬ

雨のおとに耳かたむけて引きこもるうたて恋しき人こゑあらなく

雨音はやさしくわれを包み込みいつしか烈しく身じろかれぬる

とどこほる言葉の継ぎ穂みつからず猫もながむる雨季の中空

雨月とても降りみ降らずみ行きなやむ何ことともなくひと日暮れけり

雨垂れの音も間遠に雨あがり声待ちかねつほととぎす啼く

くれなゐの水

ゆふぐれは白粉ばなの香にみちてうら若き母の匂ひにまじる

夏草のあらきしげみの隙に咲くくれなゐ薄きはなの昼顔

這ひのぼる蔦のかづらのさまざまにもとの木の末見え分かぬなり

老杉をしじにからめて宿り木の荒縄のごときその幹ふとる

踏み出せぬ一《ひと》足おもみ行きなづむ群ら雲あつき三伏の空

烏瓜のはなの笑みとくゆふやみに仄かにかよふ星辰のころ

立ちのぼる紅茶の湯気のかすかなる思ひ出に浸るつかのまの夏

思ひ出づる六月のかぜ色の浜にますほの小貝さがしゐたりき

小萩ちる色の浜に立ちよりし芭蕉の秋はゆく人もなし

眠る猫の双耳はしばしもやすらはで驚きやすき秋風の音

銀色の魚割くゆふべ人知れずをみなは流すくれなゐの水

いちめんの秋

かぎりなく松虫のこゑ澄みわたる身の置きどころなきいちめんの秋

いちめんの秋の千草を尽くしても埋《うづ》めつくせぬ胸の隙間は

吹きしをる夕べの風に草もみぢ火焰となりてわれを囲みぬ

ゆふされば相模の小野に放たれし火と思ふまで草もみぢ燃ゆ

身を捨つる愛のゆくへを走り水のうしほに
秋の日かぎろひ燃ゆる

色づきし山路の秋にまどひつつ曼陀羅堂跡
の死者に囲まれ

死者とともに在るやすらぎを見出だしぬ曼
陀羅堂跡の秋草のなか

火のごとくわが傍らを過ぎしひとら振りむ
けば遠のくにごり絵の街

暗路

草の実をつけて戻りし黒猫のにこ毛にさや
に秋野のけはひ

群落の山のなだりの石蕗の黄にかがよひて
秋の日しづか

秋霖に冷ゆる硝子戸越しに見ゆもみぢあえ
かに色づきそめて

雫していよよ冴えわたるくれなゐの涙のご
とし秋の雨ふる

折からの時雨に晴れぬものおもひ間なく隙
なくうつろひゆけば

忘れては秋の日数の重なりて離《か》れゆく木の
葉ちりぢりになる

秋の葉のうつろふ色も散りぢりになりはて
て枯野の夢をこそ思へ

凩にわなないてゐる木木のこずゑが奮ひ立
たせてくれる暗路《くらみち》

野ざらしの

秋ふかき空のあをさに墜ちゆくを片雲の風
さそふ永遠《とは》の旅人

泡立ち草銀の尾花も惚けつつ手招くごとし
野ざらしの旅

こがらしのこゑにまじりて聞こえしは枯野
を駆ける夢びとの吟

丈高き泡立ち草とあらそひし尾花もしろき
髪なびかせて

しろがねの波立ち消えし枯尾花冬日に晒さ
れ風にただよふ

葉守の神

いつの世の誰が転生と思ふべき我になつか
し猫あゆみ来し

さなきだにゆゆしきほどを美《は》しき瞳《め》の誘《いざな》ひ
にみつ手飼ひの虎は

垣間見しひとさながらにありなむを身にそ
はしむる柏木がもと

物病みの絶ゆる隙なきうつしみの傍らに猫
やすらひにけり

をりにふれ亡き人のこゑ聞こゆなり葉守の
神のざわめきにつつ

かれがれの野辺のほそ道分け入りて二月の
雲雀さがしあぐねる

垂れこめて雲を隔つる朧月のもの思はしき
人しのばする

狂言綺語

かなしみの結露となりてしたたりぬ井筒の
そこひ底なしの空

待つといふ時の満ち潮ひたひたと背後に迫
り来《く》夢覚めやらぬ

何を見ても心なぐさまぬ人のため狂言綺語
をならべ立てゐし

三十年独り居通しし父なればとても孫など
よりつかぬだらう

さりげなく杜多《ズダ》袋下げすたすたと去りゆく
父よ風にうそむき

入り組みし夢とうつつの境なく出で入る猫
のしなやかな脚

緑　陰

声はしてすがたゆかしき鶯の窓辺に見えし
姑《はは》の命日

窓ちかく木伝ふ一羽の鶯のこゑ澄みやかに
室に入り来ぬ

緑陰にしばし休らふうぐひすの影なつかし
き魂かとぞ見る

青葉風身にまとひつつ山住みのをみなの声
は澄みとほりたり

さめざめと犬の死を言ふひとと居て会者定
離のことわりを泣く

張りつめしかなしみを打つ白足袋の呼吸《いき》づ
まる間を堪ふ乱拍子

白足袋の先より白蛇となり果てのたうち
回る道成寺の場《には》

かなしみを灼き尽すまでひた走る日高の川
なみ滾ちやまずも

なかぞらに

小夜ふけてわれのめぐりを徘徊す猫の鈴の
音とほくちかしく

したためて終に出ださぬ文のこり思ひのけぶりなかぞらに絶ゆ

降りつづく雨に楊柳のいとほそく隠りがちなる身のつれづれを

あぢさゐの青鈍《あをにび》の玉ゆらゆらに水無月のそこただよふと見え

うつすらと白粉刷ける孟宗の若竹雨にうちけぶりをり

笹百合を俤にして立つをみなめぐり逢ふべく三枝《さいぐさ》がもと

人のためわがせしことのはかなさや虚空に風の声さへ聞こえず

見えぬもの

出口なき花森の下薄くれてうはの空なるうぐひすのこゑ

ふかみゆく緑の闇をはつかなる紋白蝶のゐまひつれなし

踏みしだく蕺草《どくだみ》にほふ炎昼をまなこ眩みて
ゆくほかになし

ちからなきちさきけものに身をやつす神に
やあらん猫いつくしむ

盲《し》ひせねば見えぬものあり湧きおこる蟬の
もろごゑ渾沌として

蒔きし種わすれて久しきからす瓜の茂れる
蔦にまつはる歳月

熱帯夜かすかにかよふ夜気を乞ひ猫は暗路《やみぢ》
に忍びいづるを

丑三つを過ぎてしまらく濃きやみに塗《まみ》れて
ゐたき黄泉還るため

北山の奥の細みち辿らなむとりけだものの
戯《あそ》ぶいにしへ

ゆくみちを雨に洗はれ浄められ石水院の架
空に至る

うつしみの主《ぬし》なき室に待ちゐたる木彫りの
狗児《こいぬ》の眼差しのさき

明恵上人の木彫りの狗児嬉嬉としてわれに
は見えぬひとを視てゐし

あらくさ

垣の間ゆ繋るあらくさ言ひつのる声さへあらき吹く風のむた

卯の花の秋実くろずみ枝垂るるを憂きことにして伐り捨てらるる

刈り込みて晴れゆくこころか秋の空隣家の庭師のおよばぬわが庭

打ちつづく雨のあらしにうちふせばまづ掻きいだく萩の下枝《しづえ》を

幾夏を月下美人と夜を明かす男いつしか樹木めきたり

濃やかな花の香ふふむ夜をこめて色めくひとら夢にまぎるる

泡立草の黄には馴染めず秋ふけて野良の子猫を飼ひならしけり

野良に吹く秋風いかに夜もすがら母恋ふ仔猫泣き明かすなり

わが言葉未然形にしてなほしばし人の歩幅にそろへて歩む

蘇生

京極の路地の幾筋いつしかに記憶の街に入り組みゆきぬ

うつすらと白粉の面ただよはせわれをまどはす京極黄門

木枯らしの風の触手になびかずてあはれ逆髪いづこさまよふ

呪ふ鬼女のろひ解く魔女ゆき交はす師走の街路樹さらす木枯らし

降りつもる枯れ葉の床に身をしづめ蘇生をねがふ冬の入口

年を経ていよよかがやくおもひでの時をひらくる形見のあふぎ

をりをりは面影たたむ木枯らしの風のかひなにさらはれしひと

鶴となり飛び立ちたまひしか霜月の十日余りのあけがたの空

冬の雲じつと動かぬいつまでも身じろきならぬ我が影ならん

うつくしきいつはり重ねをみなごは貝に閉
ざせる夢をはぐくむ

冬薔薇

身の裡の螺旋階段さかのぼる父の気まぐれ
母のひとすぢ

ひとすぢの母の夢もて枯れ野ふく風となる
まで父のうつそみ

母の享年《とし》まぢかに迫るみちのべに冬薔薇《さうび》立
つそこはかとなく

寂しさにかなしみ添ふるつひの日の愁眉を
ひらかぬ冬薔薇たり

緑色の罠

昏迷の森のしたみち月更けて浄められたる
夜《よ》のモノロオグ

さなきだに子捨て姥捨て魍魎の暗緑のまな
こ近づくけはひ

影ふみの影にまどへる夕ぐれを逃《のが》れむとし
て鬼の影踏む

律動のそこはかとなく打ちつづく物狂ほし
き世紀はてなむ

セザンヌのオレンジ飛び交ふ世紀末テーブ
ルクロスの白の陰翳

風を喚ぶカサリン・マンスフィールドの波
濤に砕くる狂気思はむ

モスリンの緑の裳裾ひるがへるカサリン・
マンスフィールドの緑色《りよくしよく》の部屋

殉教の否殉狂の血は流されて蕺草《どくだみ》の下葉
暗紅《あか》く染みゆく

背徳の地下のやからの手にかかる生贄の血
の絶ゆることなく

手折りたる蕺草はげしく匂ひ立つゆふべの
庭に捧ぐ白花

蕺草のよひらおとろふ　生贄の千入に染ま
む下葉の群立ち

隠沼《こもりぬ》の瘴気たちこむ地上より澄みきはまれり笙の笛の音

ゆきなやむ足に塗《まみ》るる春の泥神《ひぢ》の罠かなぬきさしならぬ

万緑の森の下露身にふれて出で来る人らみならすみどりなる

ひたひたと満ちくる葦の節の間のわだかまりたる昨日《きそ》のわが影

塞《せ》きかぬる思ひたばしる中空の折ふしに聴くほととぎすやは

ひきしぼる蜩のこゑながらへてふるふる旋律あけぐれにみつ

目眩む炎天に立つ石仏のあつきなさけも涸れぬと思《も》ふまで

雨乞ひの空じりじりと迫り来て風さへあつき蟬のもろごゑ

風を待つ葉月炎昼思惟融けて如意輪観音の情《なさけ》あつしも

つくつくの声にせかるる長月の暮れなむとして野分き立ちたり

をちこちに虫の音高くなりまさりまぬがれがたき秋の囚人《めしうど》

天人五衰

春の雪いのちあやふしものに触れ地にふるるとき消ぬべき恋は

白馬のあかときかけて奔る間のひと生《よ》とおもへ霰たばしる

たぐひなき楽の輪廓たどりつつ夢解かれゆく暁の寺

最終の土地となりなむおそらくは永遠《とは》に変らじベナレスの火よ

阿頼耶識炎なかに顕ちてくるものか今生の夜の空を焦がして

はるがすみ海と空とのあはひより生《あ》れし船体膨らみつづく

天人に羽衣うせし歎きあり人の子われは何うせにけむ

天人にあらねどわれに五衰あり夢に見えたり午睡のゆめに

豊饒なる不毛の海に漕ぎいづる孤舟のみこむ午後の日ざかり

ゆるやかに五衰の相はあらはれむ明るすぎる日ざかりの庭

あとがき

歌を味わう歓びは持ち合わせておりましたが、みずから歌を詠もうとは思わずに暮らしてまいりました。私を短歌に駆り立てた衝動の根は、前川佐美雄の歌とその死だったと思います。佐美雄の死の一年後はじめて歌らしきものを作りました。それは、あくまでも自然な行為で違和感もなく始まりました。心の奥深い暗闇に潜んでいる私であって私ではない未分化な生き物の声に耳を傾け、正当な姿かたちを与えてやれるのは、歌という表現によるほかにないと、前川佐美雄の歌に教えられ導かれたのだと思います。みずからの内奥のくらがりが歌を詠む行為によって照らし出されてゆくその内なる庭こそ斎庭なのだという思いからこの集の題といたしました。

いつもあたたかく見守り、励ましのお言葉をかけて下さる山中智恵子様をはじめ社中の皆様に心から感謝申し上げます。また、この拙い歌のすべてに丁寧に目を通しご助言くださいました北嶋ゆり様、柊書房の影山一男様には一方ならぬご配慮をいただきました。ここに厚く御礼申し上げます。

平成十二年七月

前川斎子

『**逆髪**　**さかがみ**』（全篇）

過客

あくがるるたましひの行末逆髪《さかがみ》よ逢坂山を
ふり向くなゆめ

とこしへにたどり着かざるさすらひの皇女《みこ》
逆髪の影つきまとふ

山ふかく分け入るほどに山みえずいづくか
指してわが歩み来し

かぎりなく恕されてゐし身の程も知らず過
ぎにし歳月の韻

いづかたへ牽《ひ》かれゆく身か行列の群衆《ぐんじゅ》のな
かにわが目醒めけり

冬雲のなべておだしきうつろひに身を打ち
まかす過客ならずや

鼓動

風のこゑそぞろに寒きこの夜半をいづくに
明かす野晒しの猫

野良の猫打ち重なりぬ二、三ひき塒おはれてわが軒の下

をさなくて母となりたるこの猫をあはれと思ふ愛《かな》しとおもふ

仔猫目守《まも》る母の眼差しさとくしてけふのひとを凌ぎてゐたり

そののちは姿を見せぬ母猫の安否うらなふきさらぎの闇

人みなが寝しづまる夜やうやくにいのちの鼓動かすかに聞こゆ

簡潔であれとわが身につめ寄り来レメディオス・バロの描けるをんな

底まではゆかれぬゆかず帰り来て泥まみれなる手足ぬぐひぬ

林立すモランディの壜に降りつもる埃も塵も描かれてをり

かくもろき土塊の器と歎きつつわが名を告げしちちはは思ふ

道　草

悲しみの種を蒔きしはわれならん刈りとれ
ぬはど花さきみだれ

しづまらぬ心のわだのあらき波〝新島守〟
はどこにもをらぬ

暗やみに燈火ほのかに見えそめし蟻通明神
貫之の駒

つれづれに眺めくらしし細密画の森のいづ
こにきみ隠れなむ

画の中の森の木かげにやすらけくまどろみ
続くる女人となりしか

わが胸に押されし花押《かおう》かずかずの玉章《たまづさ》の文
字消ゆることなく

わが影は置き去りになり熟れてゆく季《とき》の果
実街にあふるる

死神にばつたり出会ふ心地せる常の散歩の
道ひきかへす

ながながと道草を食ふ犬とわれ迅速の世に
乗りおくれける

つきつめて追ひつめてゆく道芝の昼顔うすきくれなゐ恥ぢず

雑踏におのれまぎれてゆくせつな途絶えかけたる回路つながる

熾なる青葉若葉の日のひかり息切れなどはしてはをられぬ

きみはつひに天上にのぼり笛を吹く天人ならむわれに聞かせよ

風待ち

恋わたる犬の遠吠えまがなしく遥けき夜道たどりてゆくも

ひたすらに風待つ炎昼とほき日の幻聴ならぬ蟬しぐれ聞く

人ごころ知らず顔してゆき過ぎる猫は尻尾をぴんと立てつつ

暑きこと素振りも見せず涼しげな瞳を向ける猫に寄りゆく

速やかに季《とき》はうつろひ少年は飛び立たむとす風待ちかねて

岐路に立つ時いくたびか果無くて左を選ぶ身のならひあり

垂れこむる梅雨ぞらの雲あいまいな諦めもちて部屋にこもりぬ

ゆく路は猛けき夏草生ひ茂る通ひあへない言の葉もちて

絡みあふ蔦のかづらのさまざまをたぐり寄すべきひとすぢの糸

婆娑ばさと夏木の枝を剪りおとし誰をか待たむ秋の風吹く

風すさぶ青葉の木末のせめぎあふ声たへがたし夏のをはりは

木枯の室

大方はやり過ごし来しゆく夏の草のいきれがいまさら熱い

ヤドカリの打ち捨てし貝の記憶なく太りゆく身を悲しまずあれ

風の音ふいに途絶えてしづもれる胸の奥なる木枯らしの室

注がれし毒薬の盃のみほして美酒を充たしし三島由紀夫よ

三十年タブーとして在りし彼《か》の自死の購ひの血は滴り止まず

キリストは終に娶らずマグダラのマリヤの香油地に滴りぬ

ひとつ事終へてもぬけとなりし身のしぐれを過ぐし冬に入りゆく

迷ひ来し仔猫にこころ乱さるるいつまで迷ひの門《かど》を出でざる

打ち放しのコンクリート塀に添ひてゆく乗り越えがたき隔てありせば

さらさらと秋の日ざしは硝子戸にうつろふ水の流るるがごと

どろどろに崩れゆく自画像真直ぐに視つめてありし青春ありき

枯れがれの野の末なれば石蕗の黄なる明り
を見過ごしはせぬ

水仙のあをき葉群が万歳す見わたす限りの
木枯らしの径

管絃講

目の前に白き階段あらはれて後にはひけぬ
昇るほかなく

サクレクール寺院につづく石段のやうな気
がする白き階段

焼けただれ引き裂かれゆく夕雲のそらのは
たてにものをこそ思へ

子を思ふ闇のいよいよ深ければ闇穴道《あんけつだう》の果
羅の道連れ

うつそみの身に充満す管絃の夜ごとの楽の
音とよもす天鼓

歓びの時くるしみの時へだてなくわれに随《つ》
き来しあまたの楽章

西方の影

張り替へし白き障子に西方の影うつろひぬ年も返りぬ

ひらひらと風に揺れゐる草の葉の手招くほどに寂しき日なり

逆光に直ぐ立つ君のながき影わが下《もと》にとどく声はとどかず

いまは何も見えず聞こえず地の底の鬼神もわれに荷担せざれば

渡れずにこころに懸る橋ひとつ幾たびか来しまた帰りなむ

憂愁と殺戮の都市ふきぬける風になびかぬ逆髪われは

ぞろぞろと鳥獣虫魚の列なして雲のながれて跡かたもなし

北風に真向かふ道に狂気して駆り立てらる思想も持たず

なほざりの庭木阿修羅のごとくしてわが怠りの罪をとがむる

ねがはくはよきおとづれを木蓮の白きほのほに翳りなければ

花の宴

さなきだに春ものぐるひ嫋嫋とたれ掻き鳴らす琵琶の音《ね》ちかづく

浅からぬ花のえにしか打越の山ざくら戸に聞こえし琵琶の音《ね》

雲上《うんしやう》の苑と見まがふ花のもと一期一会の盞酌み交す

花咲けば浮かれごころぞはてしなき花の梢を月わたる見ゆ

消えのこる花の香かすかに黒髪のながき長息《なげき》を曳く琵琶のこゑ

しばしとて立ち止まりつる花のもとつどひしひとら散りぢりになる

宣長も潤一郎も入念に死を贖へるさくら木を乞ひ

散りみだる山さくらばな渺渺とましろき闇
に溶けひろごりぬ

夕影鳥

ほととぎす血を吐くまでを歌へとよ午前三
時まどろみもせず

絶えまなく啼きわたりつつ夕影鳥のいのち
に向かふ恋路はるけし

幾たりをことし送りし時しもやわが辺に来
啼く魂迎へ鳥

ひきしぼるこゑのかぎりを傾けしあやなし
どりのあやに恋しき

あたら若きいのち落としし人あまた声を嗄
らして啼くほととぎす

時鳥なきてもいはむ方ぞなき若きいのちを
落としし人ともがら

影見えずくもりもはてぬ若夏の空のあなた
に鳴かぬ日のなく

痩猫

肉厚の熱帯樹養ふをみならの唇せはしくうごく葉群に

いつのまに持ち込まれしか熱帯樹の時じくの緑葉繁殖つづく

あをき菜を切り刻む手にわれ知らずちからこもりて雨季をしのぐも

梔子の葉をひたぶるに喰ひ尽すあを虫のすがたどこにも見えぬ

伐採の木木の悲鳴は日をつぎて魍魎の棲処みるかげもなき

一生を棒にふるとも知らないで血道をあげる人なつかしき

ゆふぐれの空たえだえに蟬のこゑ衣通姫の身にしみとほる

かなかなのはかなきひびき満ちゆけば彼の岸さしてこぐ櫂の音

ちからあるみんみんのこゑ数そひてたけなはの夏痩猫とほる

夏木立油のやうな時ながれ熱き溜息つくつくのこゑ

絶頂を遠巻きにしてあしびきの山廻りする山また山を

来ぬ人をいつまで松実のいたづらに落ちころがりつまろびゆく道

緑色の繭

草もみぢほろび失せたるもののふの声みだるなり落日はやし

あやつりの糸は見えねどおほひなる双手あらはるそらの奈落よ

おほひなる空の奈落にあらはるる乱世のしるし見きといひしか

ふみまよふ猪名野ささ原ゆめならでゆきあひの空に昏れのこりけり

ずたずたに引き裂かれゆく時の間をつなぎ
とむべき言の葉よ生《あ》れ

道のべの萩のひとむら風吹けば花の微塵の
きよらを尽くす

白壁にやすらひ漂ふ夕日かげこの世のほか
の時をうつろふ

狂ほしく風に身もだえ竹群のざわめきにつ
つひと日ありしか

緑色の繭にこもりてなほしばし子はおほき
夢はぐくみてゐむ

黄金《わうごん》の果実むさぼる灰色の栗鼠ふとらせて
柚《ゆ》の木かげろふ

音もなくわが目交ひを擦過せし面影ばかり
恋ひしきはなく

抱卵のひさしきうれひ保ちたる連綿として
冬の雲あり

壺中天

めくばさず殿上猫と地下ネコがさと擦れちがふ小春日のなか

年も経ぬわれのめぐりに事もなく猫太りたり眉月の下

ラビリンス極彩色に塗りこめし無数の眼《まなこ》の蠱惑に堪へて

落下する速度いやますうつつなの深井の闇の底ひなければ

傷つきて飛べない雲雀だきしめて走り回りしやよひきさらぎ

かなしみは春のあらしと吹きすさび地を這ふ鳥の子らを蹴ちらす

掌にのせし守宮の子どももろともに転がり込みしわが壺中天

春昼を風にくるしむ花のもと色めくひとらの声はるかなり

生臭き魚を割くこそかなしけれ春ものうき身に血潮のにほふ

畳の目が押し寄せてくる真夜をさめ遁れや
うなき饒舌おそる

解けぬ謎さらばそのまま捨て置かん青あら
しふく社の杜に

かの人の熱き言の葉燃え尽きてこよひ別れ
の雨ふりしきる

無雑作に時を束ねてゆくすゑのわれの在処《ありど》
はつひに見え来《こ》ぬ

櫂なき舟

コエレトにも倦みはて絶えにし人なればこ
ゑはろばろと虚空《そら》に漂ふ

いとし子を失ひし妹よほのぐらき部屋に絶
えせぬ燈火あやうき

告げざりし言の葉あはれ人はゆきわれは櫂
なき舟にいさよふ

ありし日の君のほほゑみ目に見えて虚空に
差しのぶ腕《かひな》むなしき

五月闇薔薇庭前に咲きみちてかぐはしき死をいざなふと言ふ

生れしその五月の薔薇の庭にたち死をゆめ見しと人は告げける

五月待つ庭の薔薇《さうび》は心地よげに匂ひをはこぶ死者のもとにも

神妙にわれに真向かふ黒猫がまばたきためてまなぶたを閉ず

唇にしのばせゐたりき昼顔の薄くれなゐの夢のきれはし

緑雨

水無月の雨にさすらふ巫女《かんなぎ》の梔子の香を振り撒きゐたりき

ゆふやみに香はまぎれなき稚《わか》き日の花のくちなし思ひいづるを

野垂れ死にせしかと思へば切なかりあはれをかけし野良の猫の仔

君われの夢とうつつのけじめなく擦りぬけてゆく空蟬のひと

こがれ死ぬ思ひのほかの末の世に緑雨に染
まぬ白きあじさゐ

風吹けばさめざめと泣く樹のもとに息をひ
そめて消え入るばかり

たよりなく待つことひさし文月七日恩寵の
やうな蜩のこゑ

青葉闇そこはかとなく梔子の香はただよひ
てみどり子ねむる

汝れの負ふ十字架もはや朽ちはてぬ飛び発
ちたまへ七月の空

一炊の夢をさめしか父はいまミラノに向か
ふ機上の人に

秋のみぎは

常夏をながめくらして三伏の懈怠みにしむ
虫すだく夜を

晩夏光さへぎる物の影もなしはみ出しさう
な細道をゆく

西に向く障子に射しこむ夕日かげ孟宗の影しばし浮かめて

かなしみはとほき潮騒きくやうに押しなだめらる秋のみぎはに

わだかまる炎熱の残滓ほろにがき銀杏の種《しゅ》子《うじ》嚙みしむるとき

名月は暈のかかりてあはあはと三五夜中の空に溺るる

天心にこぼれる月のしづく落つまづしきわれの深井の面《おもて》

逢坂の生き別れこそかなしけれげにも優しき逆髪の面

在りし日の母のほほゑみ夢ならで金木犀の香によみがへる

はは逝きて三十年の時しづくして穿たれてあり洞ふかくして

ぽつかりと口開けた靴が真夜すぎてののしり騒ぐ土間の暗がり

容赦なき時の流れにうがたれし身に水琴窟のうつろ鳴りいづ

丈高き泡立草に見失なふとこしへの陰画《ネガ》お
ひかけてゐつ

瀧祭り

いまはとて開くるあふぎに龍田川からくれ
なゐの紅葉散らさん

ささやかな火種たやさずながらへむあすの
舞台に燃え尽くるとも

腰かがめ切り戸くぐれば死に絶ゆるわれに
もあらず神遊びせむ

うつそみを骸《むくろ》となせばはしきやし落ちくる
あめの声聞こゆなり

熾んなるもみぢ乱れて散りまがふかざしの
扇の風にまかせて

瀧祭り神は非礼を享け給はず心のどこかに
渡りてゆかむ

時すぎて閉ぢしあふぎに納めたる夢の余波
の龍田の川音

雨乞ひ

過ぎしひとの顔を忘れて名も忘れいま眼交ひにかがやける星

雨乞ひの空にわらわら群鴉《むらがらす》かわききつたる声ふらすなり

寒き日の空に白雲かがやきて包みかくせぬ思ひをさらす

忘れたき時には猫の目のやうに素知らぬふりして遠さかりゆく

いつしかと変声期すぎし男《を》の子らの苦しまぎれのメタモルフォーゼ

投げ込みし石は深みにしづもるを波紋ひろごる彼の岸までも

ひとごころ翻訳不能の荒野なれなだるる言葉吐く写真集

出口なき部屋の白壁写し絵の窓ひらかれぬ森山夕木立

とのぐもる視野の片すみ野良猫を住まはせてゐつ春はまだ来ぬ

取り返しつかぬ過ぎゆき春なれば凍れる泪解くやこの鳥

痼癪の予測不能の玉ならんロシアンルーレットのやうな日常

擦りへらし削ぎ落とされし歳月の尾のながながし物がたり聞く

みじろがぬ春の卵卓上にうちながめつつみとせを過ぎぬ

春のみづ

笛の音にみちびかれつつ盲目の歩みをはこぶ光のはうへ

鴨川のつつみにあひし人影はたそがれどきの空目なりしか

春のみづ渡らん人の脛をうつ風にあやうき影かたむきぬ

うつくしき奔馬に托す身のゆくへ過剰なるもの剝ぎ取られつつ

ひとときを炎のやうな花かげり身ぬちに熾《おこ》す春の埋み火

春を待つこころはつひに恋に消てまだみぬ人の影そよぐなり

ちからなき優しきこころを踏みしだく戦車の画像塵界に消ゆ

振りかざす正義のはたが血まみれの狂気はしらす人の頭上に

時へだて千鳥ヶ淵の桜花《あうくわ》見つこの無機質の白き増殖

白粉《おしろい》の厚きつめたさ見るやうな染井吉野の花のかんばせ

戦没者慰霊塔をよそに見て花見の群衆《ぐんじゅ》の列とぎれなく

ぼさぼさの茴香の葉よまさをなるはつなつの風匂ひ立つるも

茴香のましろき茎を噛みしめばふとしも正気取り戻すなり

掘りおこす筍の赤根いたましくぼきりとにぶき音たつるとき

失はれたる貌

かなしみはにはかに萌しほととぎす何時のほどより耳に馴れ来し

やしなひし薔薇にもうれひはうつろひぬ露におもれる花首垂れて

出でてゆくわが子の背中いつになく悲しみにみつ青葉の蔭に

ひそかなる思ひ断ち切るむらしぐれ叶はぬ夢の梯ぬらす

ひたすらに空に伸びゆく若竹よ重き鎧は脱ぎ落とされつ

緩慢なる自死をゆめみし若き日の等閑にせしいのちつつしむ

子を産みし海ふかき夜を累累とかさね来たりし妣の妣の妣

知らぬまに近づきすぎて見え分かぬいとしきものの目鼻口さへ

暗やみを手さぐりにつつ辿らなむ失はれたる貌をもとめて

生れし日の六月の雨こまやかに梔子の香のみちみちて目醒む

母の匂ひ覚えぬほどに生れし日の梔子の香に満たされゐたり

磨り減らしなほ削がれゆく神経の父のひたひを稲妻はしる

何かへの旅

やうやくに簾障子に夏は来て人の透影うごくかそけく

調べ緒の朱あたらしく冴えざえと打ちたる鼓の四方にひろごる

わが打てる鼓の音よむらぎもの心のおもきかろきをつたふ

小面にひそめる闇よ日長《けなが》くも立ちて人待つ女のゐまひ

ゆくすゑの目にはさやかに見えねども蔦の
細道何処までもゆく

軌道修正なされぬままに流さるるこの変哲
もなき道はるかなる

にんげんの意図はかなかりささがにの作り
し銀の絲におよばず

ひぐらしの声かすれゆく炎昼を堪へがたく
薄き脳《なづき》思へば

日捲りのこよみ剝ぎとるやうにまた忘られ
ゆくのか戦死者のふゆ

鳥となり魚《うを》となり龍となる雲の面妖ながめ
くらしつ

のぞきみし時計の歯車入り組みて搦めとら
れし時のすぎゆき

見過ぐしし在りし風景うかばする森山大道
『何かへの旅』

一瞬のかがやき永遠《とは》に封じ込め写真《うつしゑ》の闇濃
やかにたつ

やはらかく傷つきやすき眼なざしの先に生
まるる光と影は

さなきだに暗室の闇ふかければ錬金術師の秘儀行はれけむ

晩夏光いつしんに浴び立ちて待つ反魂草は黄色《くわうしょく》点す

しづかなる闘争

鉦叩き声をたよりに近づけばこの小さきちさき虫の懸命

をりにふとわがかたはらに黒猫は半眼のさまに端坐してをり

てのひらに瀕死の守宮目守ればみたび目と口開けて空しき

いつしかに姿を見せずなりにける野良猫の数指折りかぞふ

野良猫の屍ひとつも見あたらずゆめの石塚に猫石化《せっか》せし

四面虫歌わがもろともに声たてて秋のかぎりを鳴き渡らなむ

しづかなる闘争のはてさ牡鹿は小枝のやうな脚折りたたむ

闘争と安息のあはひ蹌踉と鹿あゆみさるいづれの秋ぞ

咲きのこる荻むらのまへ歌碑立ちぬ彼のたましひの通りみち見つ

あさなさな硝子戸越しにわれを呼ばふ野良猫ノオラ果無くなりぬ

もうなにも見てゐない目はあけて死後硬直の猫の軽さよ

まつさらな白布にくるみ深ぶかと土中《どちゅう》に埋む悲しみうづむ

臘月の祭りとなさむ果無くてちひさきいのち風にしたがふ

せめてもの手向けの花を来む春の夢は花野をかけめぐるべし

病める星

病める星この遊星に生き延びてかつても分ちがたかりし井泉

装甲車に貼りつけられし日の丸の朱は血汐のいろと知られぬ

画面過ぐイラクの民の小銃の的となりなむ日の丸の旗

戦争に駆りたてられてゆく人の死の行進を見せられてゐつ

潜みゐるイラクの民の眼差しの呪詛にさらされゆく砂のみち

ひりひりと殺意ふきあぐ砂あらしすでに地球を巻き込みてけり

うつろなる賢しらごとを言ひつのる為政者の目にすさぶ木枯し

時によりちぎれんばかり尻尾ふる犬のごときを蔑まぬなり

冬ごもりの窓あけ放ち招きよす風きさらぎの封印を解く

ながきながき封印を解く風のみち梅の匂ひがどこからかする

回想の庭

時じくの花を咲かする父の居間を花咲爺《はなさかじい》と言ひおきて出づ

回想の庭のもなかのさくら木の伐り倒されしのちを忘れぬ

うつくしき花の最期を見てしより老木《おいき》の花をことに愛でにき

藹たけし花の木のもと幾めぐり春は来つれど人は帰らず

おほちちの描きし桜花《あうくわ》めつむれば直《ただ》に見えつるしろじろと闇

滾りたつ湯に投げこみて引きあげて冷水あびせ絞る菜の花

腹を割《さ》き血をしたたらせ刳り出す魚の臓腑こゑもあげずに

厨辺に繰りひろげらる凶暴の日日くり返へ
しくり返しつる

夢に聞くこゑに目さめし薄あかり未生の境
ただよふあはれ

牡丹花は笑ふがごとし大輪を風にまかせて
たゆたふときに

朝影にあえかな夢をさまされし薄くれなゐ
に匂ふ牡丹花

透きとほる花のま白に翳さして恨むがごと
し雨雲のそら

日日《かが》なべてうつろふ色を目守りしましろき
牡丹の花鎮まりぬ

紫陽花と十薬の花みちあふれ水無月のみち
水のにほひす

青梅の熟れゆく匂ひ部屋ぬちにみちてゆく
なり今宵満月

こゑあげてわれに近づく野良猫の三本足が
小走りに来る

とこしへにとどめ置きたき表情を見する白
猫ながき尾をたて

紫陽花のよひらことごとく飛びたちぬシジミ蝶追ふ少年の目に

玉虫の翅おとろへず緑金の少年の日をたたしめてをり

春雷の真夜に産まれしをの子なれひとみに宿すいかづちのかげ

いつしかと歩幅まさりて遠離る子のながき影ひく晩夏光

ひところの精おとろへし泡立草むかしの秋の風そよぐ原

晴ればれと子は娶りたり秋冷の教会の石段しづかにくだる

かねて聞きし子のゆくすゑに降りそそぐケルビムのこゑセラフィムのうた

思ひ切り障害物《ハードル》倒してゆくことも奔馬のごとし髪なびかせて

薄闇

今年みる桜もみぢの目にしみてサクリファィスの血汐ににじむ

投げやりにせしことのほか実りあるあるひは天《あめ》のあはれみの雨

みずからの毒に冒されほろびゆく泡立草の手首足首

約束は破らるるため禍ごとも恩寵も降る約束なしに

流されて打ちあげられし此の岸に朽木よ故里の花さかすべし

目覚めてもなほ灰色の視野抜け出してマティスの赤き部屋に棲みたし

にはかにも風立つる音ききし夜の身内にこもるうつの細波《さざなみ》

投げかくる言葉のすゑを立ちのぼり雲とながるる雨と降りなむ

はるかなり君のまなこゆ陽はさして群青の海にのぼる日輪

よみがへる人の言の葉さまよへる菜の花畑
の蝶にかも似て

足拍子踏みたがへたり一瞬の間にさらはれ
し音曲の闇

誰《た》れか吹くインターネットの薄闇にかすかに
聞こゆハンメルンの笛

眠れる脳《なづき》

蔦かづらに縛《いまし》められし神ならでいまし解か
れむ深き淵より

白木蓮《はくれん》の冬芽ひさしきうれひありかがなべ
て見つ枯れがれの庭

繭ごもる永き眠りを目覚めしや羽化はつる
日を如何に待たなむ

ひたぶるに眠れる脳《なづき》のひだふかく沁み入る
笙歌《せいが》いづくの雲より

春眠をしばしむさぼるこの朝の耳さとくして物の音《ね》かなしむ

所与と言ひいのちのかぎり燃え尽きし死顔が語りたまへる愉悦

瓶に挿せば白玉つばきほのぼのと咲《ゑま》ひ開くる寒き日を継ぎ

鬱を打つ鼓の音に朧月のやがて晴れゆく思ひはこめつ

玻璃壜《フラスコ》の中

花籠は黄のひといろに埋づめられ届きたりけり春の彼岸会

風花か散る白梅か定めなき道ゆくわれに降りしきるなり

如意不如意柳さくらを扱きまぜて錬金術師の玻璃壜《フラスコ》のなか

かつてわが眼をとめしものことごとく身に添はぬなり暮春のころは

今年また花ぞ待たるるこころうき春もの狂
ひちまたにあふれ

水を恋ふ千鳥ヶ淵の桜木の枝は水面《みなも》に触れ
なむとせり

ぞろぞろと鳥けだものにうちまじり夜ざく
らの道のそぞろ歩《あり》きは

散りぬれば花見の宴にまどゐせし人ごゐと
ほくきれぎれの縁

ゆきずりに春昼ひそと向きあへるふたつの
椅子のささめごと聴く

つれづれと眺むる窓に差しのぶる老木《おいき》の柿
のうらわかき葉よ

とほき潮騒

悼　永守愛子氏

海に向くテラスに読経のこゐながれ目つむ
れば嗚呼とほき潮騒

告別の庭に降り立つしばらくは花やかなり
し面影去らず

亡骸ははこび込まれつ　すなはち虚器として去《ゐ》ぬ漆黒の車

いくたびかこの潮騒にいざなはれ遂げたまひしか補陀落渡海

潮風に研ぎ澄まされてゆくものの匂ひほのかに消えのこりたり

ちかづけば河原撫子風にゆれもの言ひたげなゆふぐれの道

乱雑に積みかさなりし物陰にうしなひしものの影ばかり追ふ

雨の晴れ間

澄みとほる旋律せつなを砕けちるパセティーク弾く青年の指より

繊細なる放恣みなぎる青年の悲愴三楽章の余波にたゆたふ

うれはしき紫女のとぼそを押し開く石山寺蔵『源氏物語画帖』

水無月の雨の晴れまを窺つて風騒の種刈る橐駝なるべし

枳殼垣めぐらせてなほやすらはぬ隣の猫の
恋のかよひ路

切り花のしらゆりの蕾咲きだせば知らえぬ
恋も仄かににほふ

いつしかとつくつくの声も打ちまじり夏の
をはりを引き寄せてゐる

天上の楽

わが犬にも五衰の相は兆すやう秋の気配を
ただよひ歩く

物言はぬけだものなれば切なかり傍らに聞
くあらき吐息を

口元にかすかに微笑みうかめつつ事切れし
ことにはかに知られず

死んだふりしてゐるやうに死んでゐる黒犬
の眼しづかなる沼

疾駆する形に四肢をととのへて死後硬直の
刻を待たなむ

死に際に耳そばだてて聴きゐしは天上の楽
か恍惚として

死ににける犬の気配がそこここにただよふ
秋のましてタぐれ

声にならぬじよおんじよおん振り返り振り
返りつつ行きてしまひぬ

ひたぶるに我の帰りを待ちてゐし犬の音せ
ぬがらんどうの家

まれびとと思ふこころにやすらへばその音《おと》
信《づれ》をいつかまたなむ

野辺おくり

悼　五味ゆふ子氏

秋の日のあけぼの杉が燃えてゐた思ひ出せ
ないことばかりふゆ

大鼓《おほかわ》の若き掛けごゑ凜としてわれは打つべ
し連れ添ふごとく

攫はれてゆきし山山たどりつつわが目に見
ゆる〈花月〉の連れ舞ひ

野辺おくりはてしなのみち耿耿と押し照る
月の空ぞ忘れぬ

行き暮れて人は飛び立つ外になしあたら短
かきいのちながらも

散りはてぬ師走の庭のもみぢ葉のくれなゐ
未練のごとき夕映え

悲しみはにはかに兆し噴きあぐる冬晴れの
そら色をうしなふ

約束ははたされぬまま人は逝きわが立ち止
まる霧のまがきに

とりとめもなきかなしさよ花は根に鳥は古
巣にかへると知れれど

骨壺に納められゆきし骨の嵩たへがたきま
で尠なかりしを

しんしんと降りつむ雪に埋《む》もれ木の柩の内
にしづむ顔ばせ

雪折れの梅《むめ》の若枝《わかえ》をさながらに春まだき庭
時は止まりぬ

思い羽を奪《と》られし鳥のたづきなく天《そら》を恋はしみ地を拒みつる

行　人

行人を目守りてひさしおほ公孫樹の下照る道にいのちを延ぶる

追ひつけぬ後姿《うしろで》さむきこの道を行く人ありと告げまゐらせむ

すさみゆく木枯しのはてをかがよへるいてふ大樹の鬱金のくだち

いくたりに後れてひとりゆく道に追ひすがりくる死者のもろごゑ

見送りしあまたの死者の取巻を引き連れありく冬晴れの街

暮れさうでいまだくれない冬の海　いよよ肥大す日輪くるしゑ

水茎のあと

悼　山中智恵子氏

うちつけに訣れはいつもやつて来る手渡さ
れしものの不意に重たき

おもかげを鼓ヶ浦の朝凪に啼くや千鳥のこ
ゑも哽《か》れつつ

春かすみ何も見えねば伊勢の海に亡きひと
恋ふる千鳥しき鳴く

春霞ほのかに浮かぶ鳥影に思ひは馳せて飛
びたちかねつ

影向の松とし見えてはるかなる時をへだて
て伝へ来しもの

君なくて波間にただよふユリカモメ渚にあ
そぶいそしぎの脛《はぎ》

のどかなる鼓ヶ浦の朝がすみ渚にあそぶ鳥
にまぎれて

鳥のゆく道にあくがれ発《た》ちたまふ水茎のあ
とみずかなりなむ

青の山、青の渚をとめゆけば青衣の女人の
咲《ゑま》ひただよふ

ほととぎすあやしきまでに啼く空にきみ思ひかねなほ思へとよ

よみがへる水茎のあといにしへの貝紫の帯に解けゆく

水くぐる深き吐息を海人をとめのしづくに冴ゆる豊饒の海

雨ふれば雨に濡れつつ青水沫まとひし海人の豊けき髪を

朝凪の海銀箔にしづもればこころしづかに人に訣れき

波の音、鼓の音にたぐへては打ち響かする管絃講あれ

水くぐる扇のゆくへに変若ちかへる歌びとのこゑ遠く近しき

われの抱く薄闇なれば見開きてことごとく殲《つく》す水底ふかく

托卵

托卵のたくらみあらむはつなつの空につかれし夕影鳥の

薄墨の空にひびかふほととぎす歔歔歔歔虚虚虚虚すべからく闇

とのぐもる空のはたてに霍公鳥《ほととぎす》こゑばかりなる影を恋ほしむ

こゑのみとなりて翔けゆく魂むかへ鳥にしあらば疾く来りたれ

子規《ほととぎす》　飽かず頻啼くなかぞらに赫き咽喉《のみど》のうらがへるべし

ほととぎす九夏三伏の夏かけて啼き継ぐほどを恋わたるらむ

抱きしむるをさな児の身内そくそくと同じ血しほのとほき潮騒

ひたひたとかなしみの潮《うしほ》みちくれば誘ひになみつ水底のうた

あやまちの限りつくして死に至る病か知らず夏のはじまり

逆髪のゆくへ

色づかぬ木々の葉くたす秋霖の音しめやかに真夜をながるる

蓬《ほほ》けたる芒の原に逆髪のしづまりがたきゆふぐれのみち

打ちなびく銀の尾花に見えかくる逆髪のゆくへに入り日かがやく

振り向けば落暉はもゆる焦がれつつ焼きほろぼされし村々も見ゆ

面影は振り捨てゆかん秋ふけて虫の音すごき野辺のゆきずり

秋の日の水面《みなも》をとほるこゑごゑに泛かみしづみつたそかれてゆく

さらさらと水面をながるる秋の日のかたむく方へわれもいそがん

すみわたる秋の日射しに堪へかねてこゑに出だせり融の詞章

ものいへば寒きくちびる嚙みしめて血のにじむまで罪の匂ひす

わくらばに人と生まれきよるべなくつくりし罪も消えがてぬ秋

狂ほしくすさぶ木枯らしおほかたの秋のうれひを掻きつのらする

秋天に落下はつづくいつまでも金輪際の色は見えねど

道ばたのネコに呼びとめられてふと猫たりしむかし思ひ出づるを

末明《あけぐれ》

木枯らしに完膚なきまで破れ芭蕉なほかけめぐる夢のあとかた

いかのぼり繰る少年の絲絶えて虚空に吸はれゆく風のむた

病むひとの額に爪を立つるもの化鳥と呼びてつひに見えざり

『死者の書』をわれにたまひしひとの書く詩の闇ふかき溜息もらす

そのふかきため息の緒を変若《を》ちかへる死者とはかくも親しきものか

土中《どちゆう》より湧き出づるごと夜をこめて死者のもろごゑ耳にしづくす

死者生者行きかふ未明《あけぐれ》擦過せし傷さへ矜持たもちてあらむ

影に追ふ冬鳥するどきこゑ裂きて羽なきものの悲しみそそる

春まだき庭におとなふ鳥影のまばゆきばかりいのちあらそふ

立ちおくれ空にはぐれし候鳥のゆくみちはるかふゆ雲の峰

近づきてこゑかけてみつ鹿の目のなつかしきほどに忘じがたきを

妾は猫　名前はあまた野良なれば会ふひとごとに呼ばるるままに

天象のあらぶるこゑもとどかぬか眠れる猫の双耳うごかず

人すでに隠れたまひし書庫しづか書棚のいづべに隠し戸やある

ところ得ぬたましひふはふは伊勢のうみ春のみぎはに鳥とあそべり

白昼をのつぺらぼうが跋扈せり木石の眼に曝されにつつ

鉦叩き音信れもなく秋くれて余波《なごり》のもみぢが殊更あかい

松風にかよふ琴の音木枯らしに鼕鼕《とうとう》たらり鼓が似あふ

水仙のかをりにふとも覚醒す何者を待ちてゐたりしわれか

あとがき

この集は、『斎庭』につづく、私の第二歌集です。二〇〇一年三月から二〇〇七年一月までの、ほぼ七年間に発表した歌のなかから、三九五首を選んで年代順に収めました。この間、身近な人々との永別が、あまたありました。そのためこの集は挽歌に埋めつくされてしまったような気さえします。不思議なことに、生前にはとおく隔っていた人たちが、死後かえって親密に感じられるようになりました。死者と生者のあわいを往還した歳月と言えます。お能の『蟬丸』に登場する逆髪の皇女は実在しませんが、私のこころを揺さぶる人物です。すなわち坂神、境の神、死者と生者の間《あわい》に立つ神という思いから、この集の名にいたしました。砂子屋書房の田村雅之氏の御好意によりこの集が上梓できましたことを感謝申し上げます。

二〇〇七年四月

前川斎子

歌論・エッセイ

特異なまなざし

——歌人回想録　前川緑

前川の母、緑が亡くなって今年でちょうど十年になる。一九九七年五月二十一日、茅ヶ崎の自宅で家族に見まもられて静かに息を引き取った。享年八十四歳。この年の「日本歌人」五月号に三首の出詠歌がある。そのなかの一首、これが最後の作品となった。

老の日を拡げつつ薔薇を愛づ花こそ良けれ命なりけり

義母は大好きな薔薇や、さんざしの花の咲く五月に生まれ、五月に亡くなった。今年は桜にかぎらずどの花も開花が早かった。我が家の門の脇に植えてあるさんざしの花も、いつもの年よりはやく四月の半ばに咲きはじめて、義母の命日を待たずに散ってしまった。供花に出来なかった。

晩年ことに耽読していたプルーストの『失われた時を求めて』のなかに出てくる「さんざしの生垣」の話をよくしてくれた。そんなときは、少女のように頬を紅潮させ声をはずませて、まるで自分の目で見てきたように楽しげであった。プルーストのこの小説が日本で完訳されたのは、昭和三十四年頃だったから、半世紀近く折ふし読み返していたらしい。

随筆集『ふるさとの花こよみ』（芸艸堂・一九七九年三月刊）の「室生の村のさんざし」のなかに次のような文章がある。

プルーストの『失われた時を求めて』の「スワンの恋」にさんざしが五頁にわたって書かれている私の好きな箇所である。……タンソンヴィルのスワン家の生垣にあるさんざしである。「カトリック的な、すてきなこの灌木はかがやいているのであった」とも書かれてある。——このさんざしは、プルーストの幼少年時代に過ごした、イリエのプレ・カトラに沿うさんざしの垣根が小説に描かれているのである。――私にはさんざしと云えばまず考えられるのがそのさんざしである。

小説ばかりでなく書簡集や日記も読んでいてその熱中ぶりは生半可ではなかった。「花に想う」(「短歌研究」一九八八年三月)のエッセイにもプルーストの「さんざし」のことを書いている。そのなかで「プルーストは神のような創造力を持っていました。私には、才能ならあります」というフランソワーズ・サガンの言葉を引用しているのであるが、その言葉がひどく気に入っていたらしくわたしもよく聞かされた。この人にとってプルーストはまさに神のような存在だったのだと、今にして思う。

西洋文学を愛読していたずいぶんと早熟な少女だったらしい。生家は大阪と神戸にはさまれた尼崎である。どんな少女時代を送ったのだろうか。その姿を間近く捉えていた人がいた。司馬遼太郎夫人の福田みどりさんである。彼女の回想録『司馬さんは夢の中2』(中央公論新社・二〇〇六年一月)のなかに綴られているのは、福田みどりさんのお母さまの少女時代の思い出である。すこし引用させていただく。

母、松見菊枝は、尼崎で生まれて育った。――母の女学校は、その町の中心地であるお城跡に建っていた。――母は折あるごとに「野沢の緑ちゃん」を連れて歩いていた。そのころ緑ちゃんは五つか六つぐらいだったのでしょうか。きわだって可愛く、きわだって利発な女の子だったのよね。彼女は野沢外科医院のお嬢さんだった。父君の野沢潤氏は、ハイカラな人で当時としては珍しいフランスの流行の子供服を緑ちゃんにきせていた。(中略)「私が結婚して、子供が生まれて、その子が女の子だったら、みどりという名前にするわ」(中略)母は緑ちゃんに約束した通りに、娘である私の名前を「みどり」にした。しかしそのことを緑ちゃんは知らなかった。

それから三十年以上の歳月を隔てて、福田みどりさんは産経新聞文化部の記者として、前川緑を訪問している。昭和三十年ごろのことでお互いに何も知らずに。取材を終えて帰った初対面の女性記者の声に眼の色に、さりげない仕草に懐かしさを覚えたのか、そのひとの残していった名刺をながめているうちに、不意に三十何年か前の幼女の記憶が呼び覚まされたのだろう。「松見菊枝さんのお嬢さんではないか」と。産経新聞社に問い合わせたことによって、〝二人のみどり〟の世にもふしぎな縁が顕らかになったのである。

エッセイ、「私のた・か・ら・も・の」（「短歌研究」一九八四年三月号）のなかで前川緑は「菊枝さんは私の幼児の親友で、詩人であった。誰よりも私を大事にしてくれた。友達と云っても、私はまだ小学校にも行かない少女であり、菊枝さんは女学生であった」と書いている。

そんなハイカラな少女が成長して、出会った佐美雄の『植物祭』に漲っている反逆のダンディズムの美学に衝撃を受け心酔し、たちまちにその人のもとにはせ参じたと想像するのは楽しい。昭和九年日本歌人に入会。十二年七月に前川佐美雄と結婚。ところが実生活は、奈良の古い家であり、戦争に駆り立てられてゆく重苦しい時代であった。

野も空も暗い緑のかげらへる景色みるごと君
を見はじむ

処女歌集『みどり抄』の冒頭の「窓の中に」の一首である。不思議な歌である。幾重にも重なる霞か霧か雲に隔てられて定かに見えぬ対象への不安な色調を帯びて迫ってくる。「野も空もずっと暗緑に翳りつづけている。その景色を眺めている私はそのまなざしをあなたに向け始める」と言っているようでもあり、「もう永いこと暗緑にかげったままの野や空の景色そのもののようなひとを愛しはじめる」とも聞こえる。視野にあるのは野と空と君、そこに立ちこめている緑の陰翳をわが物思いの対象とする決意が見える。自らのすがたもまた、景色を見るように眺めてしまう特異なまなざしをもっている人だ。
『みどり抄』は、後記によると「昭和十二年春から二十七年夏までの作、三百七首を採録した」とあるから戦争前夜、戦中、戦後の七年間にわたる歌群と言える。直截に戦争を詠んだ歌は少ないけれど、生活の身辺にひたひたと迫ってくる戦争の影を揺曳している哀切な歌が多い。

浅茅原野を野の限り鳴く蟲のあらたま響き夜の原に坐す　「奈良」

月足らず生まれ来し子は見目《みめ》清くこの世のものとわれは思へず　「逝きし児」

なにものに追ひ立てらるる身か知らず水を覗けば棲む生きものら　「箱根」

ふきちぎられし小枝のごとくふるへつつこの世の路に女は在りしか

聲高に嘲笑ふもの容《かたち》なく秋深き山野は煙のごとし

遠巻きにじわじわと襲いかかる戦争の魔を、詩人の生理をとおしてミステリアスな歌として成立させる。はかない大和言葉が明朗な理知にとらえられ裏打され生み出される刹那にめぐりあう。
　奇しくも前川佐美雄が『植物祭』の後記に述べている「日本の短歌は日本の短歌なるが故にもっと西洋的になる必要がある。ポエジーに於いて、又方法に於いて」という思想がもともと身に備わっていたようなひとである。二首目の歌、わずか五日で命を奪われたわが子への思いは深い悲しみの核となったに違いない。
「浅茅原」の歌は『源氏物語』の「桐壺」の巻の靫負命婦と更衣の母北の方の贈答歌を髣髴させる。

鈴虫の声のかぎりを尽くしても長き夜あかずふる涙かな

いとどしく虫の音しげき浅茅生に露おきそふ

る雲の上人

その鈴虫の声が聞こえてくる。時と処を隔てて目くるめく循環する女人の嗟嘆の声となって。「野を野の限り」「声のかぎりを尽くしても」「あらたま」、生まれたばかり、そのままの赤子のような無垢のたましいの声はむなしく鳴りひびくばかり、浅茅原の夜の長きを嘆く女人は観念して坐るほかない。鋭敏な感性は戦争に駆り立てられてゆく世の、未然の光景をすでに眼前にしているかのごとく、正体不明の「煙のごと」きものの不安に慄《おのの》いている。みずからを「鳴く虫のあらたま」に「水棲生物」に「ちぎられし小枝」によそえて、今はまだかたちなく声高に嘲笑するものが、ついにその姿を荒々しく現出してくる予感にふるえつつ立ち尽くす。

　徐々に姿を現してくる不安の実相はもっとも無慈悲なかたちでその頂点に達する。

面影のまたたくばかり星ひかりわが窓のべに
冴えとほる夜々　「面影」

艦《ふね》もろともおほわたつみに燃え沈む火焔《ほのほ》に
たちて汝が面影

何処にも青海の見え波の寄する汝にさそはれ
海底にゆく　「轟沈」

「昭和十八年十二月八日、本州南方海上に於て彌太郎戦死す」という詞書がある。軍医として出征した弟の戦死である。

　昭和二十年四月子供達とともに鳥取県八頭郡丹比村に疎開する。このとき佐美雄は奈良の家と妻子の居る丹比村を行ったり来たりしている。その有様が淡々としてさりげなく詠まれている。

遠く来し夫に梨酒《なししゅ》を先づつぎて客人《まらうど》のごと子
等ともてなす　「八月十五日」

くりひろぐ草花帖ぞあはれなれかくつつまし
くひとは畫けり　「草花帖」

二首目の歌は、十二頁手前にある「この峡の名を知らぬ草写生せし和綴《わと》ぢの帖を夫置きゆきし」の歌を並べて読まなければ「ひと」が誰なのか分からない。疎開先で数日を過ごし妻子のもとに残して行った夫のスケッチブックを如何に愛《いと》しみ懐かしみ心の支えにしていたかを思うときはじめてこの歌に籠められた情理の美しさが見えてくる。

桐簞笥の戸を閉づる音かろく澄みこころまど
はす桐の戸の音　「蟋蟀」

この「戸を閉づる音」が敗戦の闇を開くのである、「かろく澄み」きった世界を啓くのだ。何故か本人にも分からないから「こころまどはす」のである。むかし少女のころに聞いた覚えのある桐簞笥の戸を閉じる音が喚起する世界、ふいに懐かしさと幸福感をともなって蘇えった世界を垣間見、恍惚としているのだ。

保田與重郎が「窈窕記」と題して『みどり抄』に解題を寄せている。延々六十六頁におよぶそれは、保田の著書『和泉式部私抄』につづく「女歌論」のようでさえある。『保田與重郎全集』にも収録されているので『みどり抄』は知らなくても読んだ人はいるだろう。保田に「自然な緊張から忘我と忘生理の虚無に陥る瞬間の、何かきらめく心的なものが、現れてゐる。これが今のうつつに現れた、純粋な古代的ヒステリーといふものだらうか」と言わせるのも、また、亀井勝一郎が、序文の中で「自覚せず、それだけふいに心奥のひらめきとしてあらはれたやうに思はれる。歌の伝統の重さと様々な歌風のうちに惑ひつつ……生の不安に或るかたちを与へようとして」と述べているのも前川緑の歌の生まれる心の深層に迫った言葉として肯える。

行きずりにタアバン白き少女見て塑像かと思
ふくれぐれの橋
難波橋の石の獅子見れば永き日よ塵にかすみ
てとほく小さく

戦後奈良に帰って来て「堂島川に掛かっている橋はみな残っていた。幼女の頃から、私にはなつかしい橋ばかりである。橋は、私に戦前と戦後のすれ違いを彷彿させた。」と述懐をしている歌である。

奈良在住三十年余りのなかばに上梓した『みどり抄』の後半の歌に片鱗をのぞかせながら、第二歌集『麦穂』の八百十首の歌は戦争の悲しみの記憶が、決して失われることなく、時の記憶として感受され生きながらえた者の苦しみを歌に洗煉することによって、その呪縛からのがれ新たな歌の地平に転生している。

昭和四十五年十二月奈良の古い家を離れて湘南の明るい海辺の地、茅ヶ崎に移り住む。そこで佐美雄の最期を看とった。

つひに人も花見の列に加はりて霞の奥行く煙
草を持ちて

歌の先人達の列に連なり吉野山の花醍醐の幻想の景色のなかに還ってゆくひとを見送る眼差しは、はじめに「野も空も暗い緑のかげらへる景色みるごと君を見はじむ」と詠んだ歌の風景に回帰してゆく。

最晩年には娘夫婦に伴われてフランスをはじめ各地の美術館を巡り、憧れを持ち続けていた「アミアンのノートルダム大聖堂」を訪れている。

『アミアンの聖書』の序文思ひ行く聖堂への
道すでに聖堂

前川緑の歌歴を辿ってみると、昭和十二年から四十五年（二十四歳から五十七歳）までの三十三年間の奈良住まいと、昭和四十六年から平成九年（五十七歳から八十四歳）までの茅ヶ崎在住の二十七年間の、二つの時代に区分できるように思える。奈良の暮らしのはじめは、戦時下という異常な空気のなかでの作歌であるが、戦後はみずからの故郷と思えるほどに、奈良を愛し、その伝統的な風土のなかに、どっぷりと身をゆだねているような詠みぶりである。そのへんのことが、奈良を離れる三年前に「奈良三十年」と題して、「芸術新潮」に一年間連載したエッセイにつぶさに書かれている。大和の文化と風土が、西欧の文化とエスプリによって炙り出されてゆくような筆致で、前川緑の思索的な眼差しのとらえた風景が描かれている。

第二歌集『麦穂』は、昭和二十七年から、四十九年まで三十一年間の作品を逆年順に収録している。そのあとがきに「心の小宇宙の救いの翼も、圧しひしぐ悪魔も、詩歌によって自分なりに会得しつついろいろ感慨深いものがある」と書きしるしているのは、昭和四十五年に奈良を離れるまでの歌に対してであろう。全体の三分の二をしめている奈良在住の時代の歌と、「海のない国から、海辺に来て、波の音を聞き、潮風に吹かれて暖かく明るい風景に、昔の人を思ひ現在を納得した。このごろは海にも街にもなれた」と云っている茅ヶ崎の時代の歌とは、おのずから趣きを異にしている。陰翳を帯びた大和の風景に醸しだされた作品と、対照的に明るい陽射しの下に照らし出された内面の戸惑いと開放へ向かう作品が見えている。

『麦穂』以降の未刊の歌（昭和五十年から平成九年）には、ほんとうに「心の小宇宙の救いの翼」を獲得したかのように現在と過去を、茅ヶ崎と奈良を、西欧と日本を自在に行き交っているような精神の昂揚した作品が多いような気がする。前掲の一首は、その代表的なうたのひとつである。

（「短歌往来」二〇〇七年八月号）

身を捨つる愛

身を捨つる愛のゆくへを走り水のうしほに秋
　の日かぎろひ燃ゆる

弟橘媛は自らの命を捨てて愛するものを生かす。死によって愛を絶対的なものに高める愛のかたちを、私は限りなく美しく思う。とすれば愛とは、それの断念によってしか成り立たないという自己矛盾を孕んでいるようである。源氏物語の作者の思いにも似かよった思想が流れているようにみえる。数々の恋愛を描きながら作者は恋愛の成就と歓びに、懐疑的で絶望的ですらある。平安時代の特殊な時代背景に起因するのではなく普遍的な男女間の隔絶として、現代人にも通じる。作者の人間存在への深く鋭く緻密な洞察力によるのだろう。愛の成就には絶えず死の影が立ち籠めている。桐壺の更衣の死に瀕して詠んだ歌、死の影を帯びてはじめて葵の上と源氏の間に生まれた愛、禁忌としての藤壺への愛、紫の上との愛さえ栄華の果てに崩壊してゆく。断念することによってしか保たれぬ空蟬や、朝顔の姫君、宇治の大君の愛、等々。

「恋う」とは、それと気づかずに失われたもの、欠落したものを「乞」いもとめる衝動として自覚されるけれど、男と女の愛は「物思い」の内にしか存在を許されていないかのようだ。ひとたび世俗の世界に晒されれば、息の根を止められてしまう。まして婚姻制度のもとには立ちどころに掻き消えてしまう。

三島由紀夫の『豊饒の海』に漂う愛の影も人の思いの内にしか生きられない幻のようなものにみえる。「恋」とは、死によって永遠のものとなる愛のかたちではないだろうか。

春の雪いのちあやふし物に触れ地にふるると
　き消ぬべき恋は

思はざればあらざらん身のわれなりと思ひて
眠る夢にわれあり

（『あなたに贈る愛の花束』二〇〇四年六月、北溟社刊）

空と海と鳥のうたびと
――追悼　山中智恵子

山中智恵子さんが亡くなって、三ヶ月近くなった今、山中さんの歌のかずかずや、鈴鹿のお宅を訪ねたときのこと、その他さまざまなことが、とりとめもなく去来する。ごく個人的なことで、羞しいのだが、その記憶にのこるいくつかを、記したい。

山中智恵子さんの三十五日忌の法要が、営まれたときのことである。穏やかな春のひと日、鈴鹿市寺家町の浄土宗正因寺に出かけた。早朝鎌倉を発ち、鈴鹿の鼓ヶ浦の駅に着いたのは午前九時ごろ、改札を出ると駅前には、店らしきものは一軒もない。人影もない。急行や特急の通過駅である鼓ヶ浦は、時代に忘れ去られたような、ひっそりとしたたたずまいだった。法要の始まるまでに、すこし時間があった。駅からほど近い海岸にゆくことにした。以前、山中さんのお宅に伺った時、〝鼓ヶ浦〟という地名に心をひかれながら、その浦を見ずに帰ったのが、心残りだったからだ。

期待どおり、鼓ヶ浦の春色はすばらしかった。堂堂たる老松の間を抜けると、白砂のむこう、海は銀箔を貼りつけたように静まり返っていた。春がすみにけぶり、海と空の境も定かに見えぬ沖に、目を凝らすと、ぼんやり島影が泛んでいる。樹齢数百年と覚しき何本かの黒松が、地を這うような幹のうねりを見せている。どこかに天人の羽衣が懸っていてもよさそうな眺めなのである。鼓ヶ浦の由来を伝える話があった。

むかし伊勢の安農津の領主結城氏が、家宝にしていた美しい一張の鼓があった。龍の皮で張られたその鼓は、誰が打っても鳴らない「無音の鼓」といわれていた。その無音の鼓を打ち鳴らしてみよと、領主に命ぜられた鼓の名手、松尾の局と、妻の窮地を救うために、龍神の人身御供となった夫、源忠親との悲話である。めでたく鼓は音《ね》を響かせた。しかし、身ごもっていた松尾の局は、この浦の沖から聞こえてくる亡夫の声に誘われ、鼓もろとも入水する。渚に流れついた赤子と鼓を、村人は白子山子安観音寺に預ける。寺の庭に鼓の塚を作り供養した。塚から生えた桜の木は、一年中葉を落さず、花を絶やさない。「不断桜」と呼ばれ、今では国の天然記念物に指定されているそうだ。

鳴らない鼓の話は、能の『天鼓』や『綾の鼓』にもある。人身御供も、めずらしくはないが、龍の皮で張られた鼓というのは奇想天外である。龍神の祟りで、この鼓は鳴らなかったのだろう。

七歳の時からこの地に住み、八十歳の生涯をすごされた、鈴鹿の風土に、山中さんの歌の原風景を垣間みる思いがした。

石階を降りゆけば海　眼のひかりに遠隔のものら輪廻《りんね》の曲率　『空間格子』

水隠《みが》くれゆき低くうたへり風の母音　海の石階に象られし唇　同

曝されし貝殻の渦　生れしままのまどろみに
満す諧和の時間　　　　　　　同

汀にあそぶ鳥は、千鳥かシギか、波間に浮かんでいるのは少し大きいユリカモメらしい。伊勢湾には多くの候鳥が飛来するという。干潟だけでなく、田んぼや、畑にも愛らしい姿を見せるそうである。対岸にかすむ伊良湖岬は、西行や芭蕉にも詠まれて名高い鷹の渡りの中継地。一日に数千羽のサシバが観測されたこともあるそうだ。山中さんの歌に現われるおびただしい鳥影を幻視させる場所だ。ご本人が「図鑑を見て詠んでいるんですよ」と仰しゃった、そんなはずはない。海辺には、よく行かれるのかとたずねると「ええ、ジョギングもしますよ、ジャージーを着て」と意外な答えがかえってきたことが思い出される。

私の立っている地点から、真正面に見える島影（実は伊良湖岬の突端だと思うが）は、弧を描いて、左右に延び、陸地につながっている。いかにもそこは〈海の庭〉と呼ぶに相応しい。『みずかありなむ』の〈海の庭〉の三首

とぶ鳥のくらきこころにみちてくる海の庭ありき　夕を在りき
めざめては鳥のまなこに炎ゆる海いかにひさしく欠くる海なる
秋の日の高額《たかぬか》、染野《そめの》、くれぐれと道ほそりたりみずかなりなむ

山中さんとのお付き合いは、私が日本歌人の編集を手伝うようになった一九九二年ごろからである。電話は全くお使いにならない。が、郵便には驚くほとすみやかな返信がある。ところが、その流麗な文字の判読に、時間がかかるのであった。しばらくじっと眺めていると、文字が正体を現わすという具合なのだ。一ヶ月ごとの編集と校正に、はかなく書きちらした女手の美しさをめでている余裕などあるはずはない。時間に追われながら、解読の手がかりを

探したことであった。ようやく此頃、文字のクセを摑んで馴れて来たものの、並の辞書には載っていないような難解な漢字の崩しにはお手上げだった。文字と文体が、渾然一体とした、朦朧体とよびたくなる歌の風姿を、再び目にすることはなくなってしまったと思うと悲しい。文字を読み解く以上に、むずかしい山中さんの歌の魅力に誘われつつ、言の葉繁き山中に分け入れば、たちまち行き迷うばかりであった。

三首目の歌は、口誦んでいると、言葉のひびきが玲瓏として、魂を広々とした大虚《おおぞら》に連れ去ってくれる。高額も染野も大和葛城の当麻寺付近の地名と知らずに読んだ時でさえ、この歌の内蔵している深いかなしみに囚われてしまった。折口信夫の言う「雲氣」を、山中さんの歌から感じ取ることが出来れば、良いのではないか。集の名を負うこの一首は、前川佐美雄の「春がすみ…」の歌と呼応しているとも感じられ、あの大津皇子の鎮まらぬ魂を目守る大伯皇女の祈りの声も響いてくる。『三輪山伝承』の中で山中さんは次のように書く。

　謀反の罪を被た大津皇子《おおつのみこ》と相聞哀傷し、絶唱をのこした姉の斎王大伯皇女《おおくのひめみこ》が―（中略）―三輪山とひとつづきの泊瀬上郷の小夫《おうぶ》天神に祭られていて、大津皇子の墓、葛城の二上山に真向っていることは、日日のいとなみに絶え間なく羞《やさ》しい幽魂のよみがえりを待つ、なつかしくもゆゆしい信仰である。

熄みがたくゆき、現し世に挫折し滅びるほかない人びとの心に、大物主神は思い出される。

　春がすみいよよ濃くなる真昼間のなにも見
　えねば大和と思へ　　前川佐美雄

なにも見えねばこそ、三輪山を目守《まも》った古代の〈わかひるめ〉たちの、かなしみのみなもとをそそぎ、清明にしてなお小暗い歌のこころの「言」から「事」を証し、「事」から「言」を掬ぶ、ささやかな糸をたぐりたいと思う。

さらに、『みずかありなむ』の中の〈朝ひらくひかりにも大神《みわ》をみいでつる男みこ田根子羨《とも》しき〉の一首に添えられた長い詞章の中の「倭迹迹日百襲姫命、啼キ沢ノ井ノ辺ニ、憩ヒタマヒテ曰《ノタマ》ヒシク『ワレ未然《ユクサキノコト》ヲ識ルニアラズ、思ヒテ思ヒカネナホ思ヘバ、モノアリテ揺蕩《ウゴ》クノミ。』」という下りを読むと未然を識る霊力とは、きわめて人間的な営みであることだと気付かされる。不可視の世界を見出す経緯を、示唆している言葉と受けとれる。山中さんの歌に立ち籠めている「雲氣」を前にして、私は同じような思いを抱く。折口信夫の『死者の書』における藤原南家の郎女の場合も「思い思いかねなお思い」つづけた末に、見えて来るもの、聞こえてくるものがあったのだろう。山中さんは、自らを育んだ風土の地霊の声、死者の声に喚び出され、招きよせられて、おのずから歌の経緯《ゆくたて》を織りあげてゆかれた。

青空の井戸よわが汲む夕あかり行く方を思へ
ただ思へとや　『みずかありなむ』

呼ばれたるたましひとほくひびきゆくふとも
銅鐸の古き暗さに　『夢之記』

終戦の年、山中さん二十歳の時の詩に「悲願曼荼羅」がある。一部を引く。

そして織りなす曼荼羅の
ささやかな糸にこめる
ほんにまづしいうたのかず

山中さんの織麗にして深遠な歌の織物は、中将姫のそれのように、見る者の眼の内に、次々とあらたな像を結ぶにちがいない。

*

鼓ヶ浦から帰って来て、あらためて山中さんの足跡を辿ろうと思い、『空間格子』から、『玲瓏之記』

まで通読してみた。『夢之記』を読んでいて、ふと目に止まった一首に、ひとつの出来事が思いうかぶ。

あたらしき野極の峠《たを》に春待つと貝紫の帯締め歩む

昨年「前川佐美雄賞」に山中さんの受賞が決まった時、私は、ささやかなお祝いのしるしに、夏用の帯締をお送りした。〈空の葵紫《モーヴ》よりも翳りみせてまひるまにわが瞠《み》しことの夕敗走す〉（『空間格子』）と詠まれた山中さん好みの薄紫の帯締である。

受賞式の当日、ロビーのソファーに腰かけておられた山中さんは、思いの外お元気そうで、この帯締を身に付けていらした。縹色の帯によく映えていた。受賞式の様子を写真に納めて後日お送りしたところ、思いがけないプレゼントを頂戴してしまった。それがこの歌に詠まれている「貝紫の帯」である。白地に、赤味がかった紫の線描で、波に千鳥が、あしらわれている。

古代フェニキアで行われていたという貝による紫の染色は、十五世紀ごろには、廃たれてしまったので「幻の貝紫」と言われている。芝木好子の小説『貝紫幻想』にそのことが綴られていた。日本でも近年、大森貝塚からこの種の貝殻が発見されたり、吉野ヶ里遺跡から貝紫染めの裂が見つかっている。

『夢之記』の後記には「残生いくばくか——茫々と歩むばかりです。——一九九二年秋」と記されている。

山中さんが忽然と去った今、貝紫の帯とともに、茫々と歩む山中智恵子さんこそ、古代幻想のよみがえりではなかったのかと思えてくる。

（「短歌往来」二〇〇六年八月号）

青の世界

――山中智恵子の居る所。――気にかかる5首

たまたま金田一秀穂氏の講演を聴く機会を得た。その日、最前列に座っていた男性が、ささっと演壇に駆け上がり、挨拶された。頭の天辺から足の先まで「らしからぬ」出で立ちなのだ。大学教授、学者らしさの「らしさ」を木端微塵に打ち砕くその語り口と内容に意表を衝かれ、抱腹絶倒のうちに講演は終わってしまった。

面白い話をあげれば限《きり》がない。つよく共感を覚えた話があった。氏は、ビートルズがたいへんお好きだそうで「イエスタデイ……」と唄い始められ、あとはすべてハミング。ところどころ「イエスタデイ」と入り、終に歌詞は「イエスタデイ」の箇所だけ。「レット・イット・ビー」「ヘイ・ジュード」にしても同じで、題名の部分だけを言葉に出して唄われる。それでビートルズの歌が損なわれることはなく、感動してしまう、歌詞の意味以前に音楽に魅せられてしまうのだそうだ。この日の演題「アナログな言葉」とは如何なるものかが次第に浮かびあがってくる。「自然界はすべてアナログである」という命題から「すべて連続しているということは、自他の境界さえ明瞭に付けられない」ということにまで話が及ぶ。そもそも言語は記号であり、デジタルなものであるから、自然界と対応させようとすれば無理が生ずる。言語に対応するものの境が曖昧にならざるを得ない。まるで言葉の魔術師。常識を覆すような話がつづく。

つまり、言語を組み立てて成立する詩歌は、作者の内面世界の混沌（アナログなもの）をくぐり抜けてはじめて「アナログな言葉」に変容すると謂うことか。或いは、作者の魂の炎に焼かれて窯変したものが「アナログな言葉」と謂うのだろうか。

ビートルズの歌に感動するのは、言葉とメロディーが醸しだす一切のビートルズ的なもの（アナログなもの）のためであるらしい。

山中智恵子の『みずかありなむ』に出会った時、これと似たような感動を覚えた。歌集の扉を開くと、啓かれる豊饒な美的言語空間に衝撃をうけた。俄かに意味が理解できなくても、謎に充ちているが故に魅せられてしまうのだ。ほとんど音楽が与える愉悦に等しい。美しくなければ感動しない。感動しないものは芸術とは言えない。記号の背後に拡がる山中智恵子の濃密な精神世界を開示している『みずかありなむ』は読むたびに、私に新たな感動を喚起しつづけている。

青空の井戸よわが汲む夕あかり行く方を思へ
ただ思へとや
苦しみのよびゆく方に鳥歩みわが首祭る青き
なびきを
その問ひを負へよ夕日は降ちゆき幻日のごと
青旗なびく
青き旗なびくこころに水を乞ふひたぶるこへ
ばわが髪くらし
水くぐる青き扇をわがことば創りたまへるか
の夜へ献る　　　（以上、『みずかありなむ』）

山中智恵子さんが、偏愛する「青」のイメージがいつもこころに懸かっていた。「青空」から始まり、「青山」「青蟬」「青旗」「青炎」「青玉」「青扇」「青蝶」「青墓」「青水沫」「青時雨」「青摺衣」「青童子」「飯豊青」などなど、数えあげればきりがない。「青蛾」、「青扇」「青時雨」など、一般には使われていないものもたくさんある。山中さんの造語と思われるが、それこそ山中さんが「思ひの嬰児」としてこの世に生まれ出た「言葉であった」ことの証しといえそうだ。「青」のつく詞に感応し、たとえば「青旗」のなびきに深く心を添わせてゆくうちに、言葉の始源としての、言霊のよって来たるところの「青の世界」を垣間見ている。が、直に逢えないかなしみをかかえ「苦しみのよびゆく方」へ、その世界に到りつくために「わが首祭」り、禊として「水くぐる」のだろうか。

あをく老ゆるねがひこそわが一生《ひとよ》　つらぬき
とめぬいのちなりけり
（『青扇』）

（「北冬」№０１１号、二〇一〇年五月）

森の思索者
——前登志夫著『いのちなりけり吉野晩禱』

前登志夫没後十年を期して刊行された散文集である。第Ⅰ章「菴《いほり》のけぶり」は二〇〇六年四月から〇八年二月まで「朝日新聞」大阪版の夕刊に連載されたエッセイ。第Ⅱ章「林中歌《りんちゅうか》話《わ》」は「短歌現代」に二〇〇五年五月号から〇六年四月号まで連載された歌論。第Ⅲ章の「老《おい》のほむら」は二〇〇〇年から〇七年の間に雑誌や新聞の依頼に応じて書いたエッセイを収めている。

第Ⅰ章の「菴のけぶり」は「思ひのけぶり」ではないか。晩年の著者の山住の静謐な日々から紡ぎ出される思念の炎は、自らのいのちを燃やし浄化されてゆく魂の禱りとなって立ち昇ってゆくようである。四季折々の自然のかそけさに目を注ぎ耳を傾け呼び覚まされた氏の想念や知見が繰り広げる世界に民俗の伝承や西行、芭蕉の姿が揺曳していて思索的な風景に魅了される。

Ⅱ章ではさらに自然に即した生活の場に舞い込んできた近刊歌書も取り込まれる。その丹念な読みは「木々のそよぎに耳を傾け感応する」氏の精神の表白でもある。

一回目の「桜咲く日に」は「としどしの春の桜に逢うと、ぼんやりといかされてきたいのちのかすかな重さを感じ」「なんとなく許されているような気分になる」と書き出し、柳田國男の『妖怪談義』に言及し、柳田民俗学が放棄したかにみえる山人異界を遊行したい」と意欲的である。小池光著『滴滴集』に関して「わたしをあまりに刺戟し、満足させてくれすぎる」「パロディーにこめられた現代のうらぶれた何か。さかしらを無にする作者の苦み走った相貌」「わたしは逆に人間としてのおのれの妖怪性に出会う」と自己の内面を逆照射する。十二回の連載中二十一名をとりあげ、それぞれの作品に向けられる温かいまなざしに籠められた前登志夫の思想によって、その作品世界と作者像が炙り出されてゆく過程に目を瞠るものがある。鑑賞の奥深さは氏の短歌への熱い思いに他ならない。

Ⅲ章の「いのちなりけり—現代における自然詠とは」では前登志夫の短歌観ひいては自然観が晩年の感慨をこめて語られている。氏はレヴィストロースの「野生の思考」と、ハイデガーの「言葉は存在の住処であり、そのうちに住みつつ人間は存在の真理を守り、存在の真理に属することによって実存している」という思想に出逢い生涯手放さなかったのではないか。すなわち「自然の中に再び人間を樹てる」と短歌を志した際に言挙げした精神である。「ことばをふたたびものとして回復し観念を堅固なフォルムをもったものとして蘇生させたい祈り」を持ち続けた。

「言霊」の思想とハイデガーの思想が氏の思念の中で融合し熟成された。既刊の書のほかに、未刊の多くの文章が残されていると聞く。聖なる森の思索者、前登志夫の随想録が集大成されることを切に願う。

（「短歌往来」二〇一八年六月号）

村上博子のこと

――「遥かな歩み」によせて

村上博子さんは、私の父の教え子であり詩人の仲間でもあって、私たち家族とも親交が深かった。たしかカソリックの洗礼の代母は私の母であった。

慶応大学の仏文科に学び、卒論は「フランソワ・モーリヤック」なのであるが、イスラム学者の井筒俊彦氏の学問と思想に傾倒し、後年、岩波セミナールームで行われた「コーラン」の講義に通っている。キリスト教やイスラム教への関心の深さは、並々ならぬものがあり、その学究的態度は、幼児洗礼の私などには量り知れないものがあった。

ところが彼女の詩に触れてみると、おそらく誰もが感じるであろう、日本人の心の深層に根ざした懐かしくも哀切な世界に運びこまれてしまう。

第一詩集『立雛』から『秋の紡ぎ歌』『冬のマリ

ア』『ひなあられ』『ハーレムの女』『セロファン紙芝居』まで六冊の詩集がある。そこに一貫して流れている音楽は、紛れもない日本の女たちの肉声、であり、営々として母から娘に受け継がれて来た血脈の鼓動であろう。

ひな祭りの風習のたしかな起源も原義も忘れ去られている今、狂おしいまでに「立雛」に思いを寄せ問いかけ、応えに耳を澄ましている。彼女は知っていたのだろうか？　三月三日に、女が家を離れてものいみの生活をする信仰が日本に古くからあったことを。折口信夫は「とにかく、三月三日は女が野山に籠って、女ばかりの生活をした。女が神事に仕へる資格を作る為のものいみで……其外には、七夕にもあって……此等のものいみは、何れも少女が、神を接待する為の、聖なる資格を得るためで、三月の雛祭りは、接待する神の形代を姑く家に止める風習から出た、と見るのが一等近い様だ……野山に籠るものいみ生活の方は、げんげ・よめななどを摘んで遊ぶ、野遊びとなつたのである」、そうして「接待した神を祭りの後に送るのである。これが雛の節句の古い形であつた様だ」と云っている。その後、中国伝来の上巳の節句と習合したのだそうだ。七夕祭りも日本古来の「棚機津女」に由来していると言う。「古代には、遠来のまれびと神をお迎へ申すとて、海岸に棚作りして、特に択ばれた処女が、機を織り乍ら待つて居るのが、祭りに先だつ儀礼だつたのである。此風広く又久しく行はれた後、殆ど、忘れはてたであらうが、長い習慣のなごりは、伝説となつて残つて行つた。其が、外来の七夕の星神の信仰と結びついたのである」。

雛祭りも七夕祭りも奈良時代に帰化人にもたらされた中国伝来の風習以前に「日本では、古代邑落における実際生活であつたのである。そうした処女の、寂しく浄らかな生活にたいする記憶が、深く印して、星祭りに付属した伝説以外にもはみ出した。」と折口信夫は結んでいる。

「機織る星」は古代の日本の乙女たちの営みを「く

りよせ　くりよせて」遡行する遥かな旅であると同時に、明日の乙女たちのために「定めの絹を織る」日常の歩みでもある。作者は、みずから機織の座について言葉の糸を織り、神を迎え待つ織女と化している。

　村上博子さんの詩にくりかえし、現れる「雛」「織女」「櫛」「笛」「琴」などはいずれも神を招きよせる依代の象徴的な言葉である。櫛には霊妙な力が宿る、母から娘に手渡される神の息吹を「心にたしかめたしかめる」のだろう。

　二篇の詩「櫛」も「花野」も古代の乙女たちが野山に籠って「ものいみ」をしている光景をあたかも目の前にしているかのように、その姿に思いを重ね、耳を傾けている。それを「日本の天使達の合唱」と呼び、笛の音に、虫の声に、祖母が歌い続ける秋風の子守歌の内に、神のこえを聴きとろうと「遠く果てしない花野を歩んで行く」のではあるまいか。日本古来の信仰に根ざした神との通路を蘇えらせる村上博子さんの詩が、リヒト・クライスの演奏会で歌いつがれてゆくことは私の喜びである。

（二〇一〇年　高田三郎作品による
「リヒトクライス第16回演奏会」プログラムより）

「雛の春秋《はるあき》」に想う
――沈黙の湛える微笑

春の苑くれなゐにほふ桃の花した照る道に出で立つ乙女

大伴家持のこの艶麗甘美な歌が詠まれたのは天平勝宝二年（西暦七五〇年）の三月のことである。この年、単身越中に赴任してから、四度目の春に、妻をむかえた喜びの歌である。

「雛の季節」が収められている村上博子の第一詩集『立雛』をくり返し読んでいると、いつしかこの歌の光景と重なりあう錯覚に捕らわれてしまう。

桃の花の咲き満ちた木の下に立つ乙女の頰は薔薇色にかがやき、あたかも神の恩寵が降りそそいでいるかのような感慨をもよおす。

この歌に横溢しているものは、深い沈黙が湛えている微笑である。「した照る道に出で立つ乙女」に村上博子の面影がかさなり、彼女の詩篇が交錯する。「花の下を行き交う娘たち、あの娘たちはみなどこかわたしに似ている」と眺め「もの言わず美しく作られたことの深いわけ」を語りかけ「そしておまえらの朝夕の言葉は、わたしのしじまの中で、ひとしれぬ谷間で、花のように薫るだろう」というう詩のフレーズが、浮かびあがってくる。

現代の雛祭りとは懸け離れた、つつましい日本の古き乙女たちが、桃の節句に野山に遊び、物忌をし、身をきよめて神を迎え、神を送るという風習があった。この『立雛』に収められた詩篇からは、その風習が、母から娘へと、延々と受け継がれてきたことを物語るような印象をうける。時をはるかに遡りその源に至りつこうという作者の熱い思いに撃たれる。

村上博子の生い立ちをわたしは詳らかにしないが、私の父であり、彼女の詩友でもあった島朝夫が、彼女の一周忌に編まれた選集『雛は佇む』に寄せた跋文を引用して彼女の雛によせる思いをたどってみたい。

*

　幼い時から「雛」との交わりの中にあったと思われる村上博子さんは第一詩集を『立雛』（一九六五）と題した。祖母から、母から手渡された雛人形の、「時代」が染み込んだ深い美しさを印象づけられたのはもとよりであろう（その雛は空襲で無残に焼けてしまった）が、それ以上に、感性豊かな彼女は雛の歴史に潜む人間の業苦、哀しみの影を強く感じ取る娘として成長してきたようだ。

　この詩集の後半は、若くして逝った姉との関わりを、生と死をめぐる雛への「問い掛け」、雛の「答え」、あるいはその逆に、雛からの問いに答える状況を歌う、いっそう広がりと曲折に富んだ美しい詩篇である。描かれる雛の立ち居、振る舞いは、雛の生い立ちを懐かしむ歌、また雛の他界を傷むなどの歌であり、それらが情感こまやかな独特の抒情詩として展開する。

　見方、読み方によれば、お嬢さんの「雛あそび」と言えぬこともないとは、作者自身の自戒の言葉であったが、この「遊び」が、この国の人の、特に女性の生きる日々に深く根差している意味を、村上博子が自身と雛との重なる生の現実から掘り起こそうと念じている姿勢が見えると言おうか。立雛の背後には愛すべき「ひいな」がダブり、さらにその奥に「ひとがた」、「あがもの」（贖物）としての「人形」が見え隠れする。

*

　村上博子の雛に向ける眼差しや、雛に託す願いの拠って来る経緯が知られる。

「雛祭り」の変遷について、折口信夫は『古代研究』の中の「神送りと祓除《みそぎはらへ》」の項で「ひなは、ひな型の意で、一家・主人のひな型ではなかつたらうか。そしてこれを河に流したのは、上巳が祓除《みそぎはらへ》の日であった事にむすびついたのだと思ふ。一家のひな型を作つて、其に穢れを背負はして流す、と考へたのである。尚其には、神を送ると言ふ思想も混合した。つまり、穢れを流すと言ふ事と、神を送ると言ふ事とが、くゝついたのである。穢れを移して、水に流すはずの人形が流されないで、子供・女の玩《もてあそ》び物になつたのが雛祭りの雛だ、と言ふことになつて居る」とのべている。

玩びものとなってしまった雛に、原初のすがたを蘇えらせようという願いと、祈りが籠められた『立雛』そこには、自らを「雛」と化し、人の世の哀しみ、嘆きを背負う「ひとがた」「あがもの」として、流されようという彼女の覚悟が感じとられる。

それは「秋の人形」の

「たくさんの願いをもちながら言葉をもたない
ものはその願いの姿と化してしまう」

という一節に証されていると言える。

そして「娘らの夢に過ぎた日の雛は微笑む」ことを、「手毬」をつく子供たちには「わたしの微笑は、造花の桃をわたる見えない風となって、わたしのうちに熟すおまえの問に、ひそかな答の果実をさし出す」ことを約束してくれるのである。この雛の微笑みこそ、冒頭の、家持の歌に揺曳する深い沈黙が湛える微笑ではないか。

（二〇一二年　高田三郎作品による
「リヒトクライス第18回演奏会」プログラムより）

もしもあのとき

——立ったまま読んでしまった一冊

来し方を振り返ると、予期せぬ出会いの摂理の霊妙を思わずに居られない。

万葉集から新古今和歌集まで気に入った歌を、愛唱してはいたものの、近代短歌には馴染めず違和感を感じていた。それ以来短歌に関心をなくしてしまった。それで前川佐美雄という歌人の存在さえ知らなかった。

偶々、前川と出会ってからも、経済記者としてあまりに多忙だったため、短歌のたの字も話題にならなかった。

或る日、掃除の最中にふと目にとまった書架の『前川佐美雄歌集』を手にした。立ったまま何気なく読みはじめた巻頭の一首に、雷に撃たれたような衝撃が走り息を呑んだ。

かなしみを締《し》めあげることに人間のちからを
盡《つく》して夜《よる》もねむれず　『植物祭』

それは行きずりに何となく目に留まった可憐な花の絶唱のようでいとおしく、かけがえのない一輪の花であり、手招くように私を、見たこともない故園へいざなってゆくのであった。

かなしみはつひに遠くにひとすぢの水をながしてうすれて行けり
おもひでは白のシーツの上にある貝殻のやうには鳴り出でぬなり

『植物祭』冒頭の「故園の星」十七首は、かぎりなくうつくしく、人間存在のかなしみを謳いあげていて切なかった。ここに、日本古来の詩歌の伝統的美意識と、言霊の幸う大和言葉を現代に蘇らせた歌集があったことを知った。あのときあのタイミングで、この歌集に出遭わなければ、現代に生きている自分が短歌を詠むことなど、思いもよらぬことであった。

（「角川短歌」二〇一六年六月号）

解説

虚構と現実の間《はざま》に耀う歌

——第一歌集『斎庭』を読む。

江田浩司

短歌を創作する契機には、人それぞれの違いがあるだろう。が、短歌の創作を続けることには、そのような違いの中に何か共通するものがあるように思われる。それは、短歌を創作し続けるための資質とは別に、言葉への関係のあり方に基づくものではないだろうか。ただし、そこには、短歌を創作することを宿命のように受け入れる何かが必要である。前川斎子第一歌集『斎庭』の扉を開き、私はそのような感慨に思いを馳せた。

前川は『斎庭』の「あとがき」に、「私を短歌に駆り立てた衝動の根は、前川佐美雄の歌とその死だったと思います」と記している。だが私は『斎庭』の歌を読み、それとは異質な前川の短歌創作の本質を考えさせられた。『斎庭』を読み進めてゆく内にその歌群が、生まれるべくして、その誕生の時期をじっと待ち続けた作品のように思われたのである。佐美雄の死後に、文字による歌の創作は始められたのかも知れないが、それ以前の長い時間の中で、歌になるべき世界が醸成され続けていたことを想像しないではいられない。この歌集には、前川の古文、古歌をはじめとする文学的な素養、佐美雄とその周囲の歌人たちの短歌の世界に親炙した時間、それらが合わさり、折り重なるように内包されている。言葉（文字）による創作以前に、時とともに歌の世界が熟成してゆく期間が、何にも増して重要であったと思われるのである。『斎庭』の歌群は、歌の蛹が文字としての言葉を介して、美しい調べの表現に羽化する姿を連想させてくれる。私はもっと早くこの歌集に出会えばよかったという思いとともに、今の出会いを大切にしたいと思う。

＊

存在の先ゆく言葉わが肉に宿りておのれ蝕ま

んとす

冒頭の章「朝影」から、巻頭歌を引用した。『斎庭』は基本的には、季節にもとづく歌を時系列に配列した歌集である。しかし、冒頭の「朝影」と最後の二章「緑色の罠」、「天人五衰」は、そのような構成とは異質な意図に基づいた配列がなされている。「朝影」をプロローグ、最後の二章をエピローグとは考えにくいが、この三章の存在は異彩を放っている。ことに巻頭歌は、まるで前川の表現の本質とその生誕を、象徴的に表象しているようである。この一首が、巻頭に置かれることの意味と効果を熟慮した上での歌集の構成だろう。私はこの歌を読んだ時点で、即座に『斎庭』の世界に惹きつけられた。それほど、強い衝撃を受けた一首であった。

「存在の先ゆく言葉」とは何だろうか。それが、私の肉に宿って、私を蝕もうとする、と詠われている。その「言葉」には、何か宿命のようなものが感じられる。生々しい実感もある。前川は『斎庭』の「あとがき」に、次のように書いている。

　心の奥深い暗闇に潜んでいる私であって私ではない未分化な生き物の声に耳を傾け、正当な姿かたちを与えてやれるのは、歌という表現によるほかないと、前川佐美雄の歌に教えられ導かれたのだと思います。みずからの内奥のくらがりが歌を詠む行為によって照らし出されてゆくその内なる庭こそ斎庭なのだという思いからこの集の題といたしました。

この「あとがき」の言葉からは、「存在の先ゆく言葉」を、佐美雄の歌と関わりがあると読めないだろうか。自分という存在の「先をゆく言葉」としての佐美雄の歌、その「言葉」が自己の身体に胚胎されることで、「みずからの内奥のくらがりが歌を詠む行為によって照らし出されてゆく」、その契機を得たのであると。つまり、この一首は、自己の歌の生誕が、佐美雄の歌（言葉）によって導かれたことを、象徴的に表象したものではないか。「みずからの内奥のくらがり」を、歌を詠むことで照らし出すことを先導した佐美雄を暗示し、自己の歌人としてのアイデンティティを示した一首ではないのかと……。

私は、はじめこのような解釈に基づいてこの歌を理解しようとした。しかし、その真意を理解したとはどうしても思えなかった。私にとってこの歌の魅力は、むしろ、そのような解釈とは別のところにあった。

言葉以前に存在があることを、通常は不思議には思わない。だが存在は、言葉によってはじめて存在としての表層的な意味を得る。だがこの歌の「存在の先ゆく言葉」は、そのような存在と言葉の関係性とは異質な、もっと原初的な事象を指しているのではないだろうか。例えば、文学の始原的な原点に関わる存在の先をゆく言葉、言わば「詩」の生誕に立ち会う場《トポス》に表出する言葉である。そのような言葉との遭遇や思惟によって、人は「詩」表現の原点に向き合わされる。存在の先をゆく言葉が、自己の肉に宿った者は、免れようもなく、文学表現の悲喜へと導かれてゆくのである。おのれを蝕もうとする、そのような言葉によって、前川の短歌創作は必然的なものになった。あるいは、ならざるを得なかった。そのことを象徴的に表した一首が、巻頭歌であると私は理解したいのである。それが、私と前川斎子の短歌との、最初の出会いの形であった。

佐美雄の歌と死によって、前川は短歌創作の契機を得たのであろうが、前川の創作の宿命は、「存在の先ゆく言葉」との遭遇における、自己の内奥の表現衝動と、分かち難く結びついている。それは、「詩」の表現に先立つ、「言葉《ロゴス》」との避けがたい邂逅である。

*

思はざればあらざらん身のわれなりと思ひて
眠る夢にわれあり

緑色の罠に落ちたるヘンゼルの手首ほそりて
月ふとりゆく

汝の負ふシメール透けてみるやうな朝影のな

か声もあげずに
あかときの光のなかをしなやかなけものとなりて君かけたまへ
石山寺の山をめぐらす細径の梅の香に聞くふるものがたり
ここに立ち幾世隔てててながむらむあふみの海やひとの恋しき

巻頭歌に続く六首を引用した。一首目は、和泉式部の小倉百人一首収録歌、「あらざらむこの世のほかの思ひ出にいまひとたびの逢ふよしもがな」を踏まえているだろう。また、デカルトのコギトが連想される。結句の「夢にわれあり」が効いており、語調の整えられた調べが一首の完成度を高めている。二首目は、「ヘンゼルとグレーテル」の童話を素材にした歌だろう。具体的な情景や意味を思考しても無駄である。一首全体を一つの譬喩として、表現からのイメージを受け取ればいいのではないか。ただし、下句の手首と月の取り合わせは、やや類想的であると思う。三首目は、「汝」が誰を指すのかわからない。が、自己にもとづく幻想的な歌であると受け取りたい。「汝」を絵画の主人公だと考えると、私はギュスターヴ・モローの絵画「キメラ」を連想する。いずれにしても、「朝影」の譬喩としての「シメール」である。幻想的な朝の耀きに声を失い、感情の高まりの中にいる姿が想像される。四首目の歌の願望は、三首目の幻想的な世界からの飛躍としても読めそうだが、私はこの歌が内包するほのかなエロスに感応した。詠われている「君」には、メタモルフォーゼとしての、内在的な「私」も重ねられているのではないだろうか。五首目は、石山寺の参籠から『源氏物語』の着想を得たとされる紫式部を念頭に作られた歌だろう。「梅の香に聞く」が、この歌の世界に含蓄を付与している。六首目は、琵琶湖の辺に立ち、古人の跡を偲んでいる歌である。その古人には、柿本人麻呂をはじめとする万葉人、中古の歌人や物語作者、近世の松尾芭蕉などが思い浮かぶ。また、そのような古人への感慨に、作者が生前親しかった人の面影を重ねているのかもしれない。

前川の歌は、現実と幻想の間《あわい》に浮揚する表現に一つの特徴がある。その表現世界は一様ではなく、先に引用した六首のように、現実と幻想の間に揺れ動いている。その多様な世界の内側に、表現への美意識と言葉の調べが分かち難く融合しているのである。文語定型を厳守したその歌群からは、古歌の香りを纏い、現世をわたりゆく想像世界が整然と立ち上がってくる。

*

ころころと笑ふをみなのこゑ澄みて遠山さやかに春の化粧《けはひ》す　「風の回廊」

頭の奥に古り棲むささがに不条理の網はりめぐらして闇を紡ぎぬ　同

散る花をはかなみ浮かべる水鏡うつろふ枝にしばし重ねむ　「やまざくら」

時じくの花のあらしに巡りあひて行方も知らぬ逍遙のくれ　「花逍遙」

伐られたる枝葉のこゑのまぼろしを身内にしまふ歳月ふかし　「花のふる里」

くれぐれの秋の山路の行き交ひにしるべともせり緋の烏瓜　「緋の烏瓜」

病室の白布によこたふ亡骸は貝殻のやうには鳴りいでぬなり　「春風」

陶人の生命《いのち》をそそぐ指先をつたはりて来し土のぬくもり　「ま白き季節」

木枯らしの果てはありけり秋の葉のひたくれなゐや思ひ絶えなむ　「ひたくれなゐ」

行き暮れてこの石階《きざはし》にたちこむるまさびしき影われを捕ふる　「実朝の浜」

『斎庭』の前半から、目を留めた歌を引用した。これらの歌からは、前川の豊かな文学的素養が感受されるが、私はそれ以上に素材への自由なアプローチが印象に残る。文語定型の整然とした歌の姿はそのままに、表現は想像力によって、現実の世界から解放されてゆく。その解放のあり方には、佐美雄をはじめ、「日本歌人」の先人たちの歌が、自然と影響を与えているのだろう。だが、あくまでも前川固有の想像世界として、これらの歌は、その存在感を読者の前に示している。それは、表現対象と表現行為の距離感に関わるものである。虚構と現実の間《はざま》の様態が、前川の歌の固有性と深く結びついている。その点を詳細に説明する余裕はないが、それに関する興味深い点を次節で指摘してみたい。

＊

『斎庭』を読み進めてゆくと、松尾芭蕉を詠んだ歌が散見される。俳人の加藤楸邨を哀悼した歌もある。また、先の引用歌「木枯らしの」には、芭蕉とも交友のあった池西言水の代表句「木枯らしの果てはありけり海の音」が、本歌（句）取りされている。

芭蕉という観点から、『斎庭』を読むと、次の歌に目が留まる。

短夜の月下の森に虚を見せて実《じつ》を言ひ出づ緋のからす瓜　「暁の紡錘」

私はこの歌から、「虚に居て実を行ふべし。実に居て、虚にあそぶ事はかたし」という芭蕉の言葉を連想した。この名言を俳文学者の山下一海は、次のように解説している。

虚にいて実をおこなうとき、その虚は単なる虚ではなく、実へいたるためのかけ橋となり、さらに深く実を穿つための弾性に満ちた自在の力となる。虚によって到達した実は、単なる事実ではなく、物の本質を透視する真実に変質している。しかし、実にいて虚に遊ぼうとすると、その実はいつまでも現実にとらわれた事実の域を出ることなく、思いえがく虚は、結局は実りのない空虚でしかない。　『芭蕉百名言』山下一海

「単なる写実によっては、物事の真実に到達することは困難であり、自由な想像の力を借りるとき、は

じめて真実が見えてくる」と山下は、先の引用文に続けている。俳人の森澄雄が好んで使った言葉であるという。

　私は『斎庭』の歌を読み、短歌表現における虚構と現実の関係を、芭蕉の言葉を通して思考した前川の姿を想像した。そのような想像を喚起させせられたのが、「短夜」の歌であった。前川が山下一海のように芭蕉の言葉を理解したのかどうかはわからない。だが、有機的な多義性を内在する芭蕉の言葉は、表現者の姿勢に合わせて解釈の幅を持っている。前川の歌には、前川流の芭蕉の虚実論への受けとめ方が反映していると思われるのである。それによって、虚構と現実の間《はざま》で、前川の歌は固有の世界を持ち得たではないかと。

「暁の紡錘」は、そのタイトルが示すように、山中智恵子の歌が意識下に置かれた連作である。「短夜」の次にくる二首を引用する。

夏の夜の夢を紡ぎし白糸のいろに出でなむ暁《あけ》の紡錘

夢孕みもつるる糸のひとすぢのゆくへをたどる三輪の紡錘

山中への敬愛の念と影響が感じられる歌である。この二首の後には、「たがために雪の芭蕉のいつはりの夢を結べる冬の夜の月」が続く。

　私が「短夜」の歌から、先の芭蕉の言葉を連想した意味には二つの理由がある。第一には、先の芭蕉の言葉から、自己の歌作について学ぶところがあったのではないかという点。第二には、その上で、芭蕉に親炙した山中の歌に、芭蕉の虚実論の影響を見たのではないかという点である。あるいは、山中の歌を通して、芭蕉の虚実論に興味を惹かれたところがあったのかもしれない。「暁の紡錘」は、芭蕉と山中と前川をつなぐ点と線として、重要な連作であると思う。

　因みに、「暁の紡錘」の前章「青扇」には、次の歌がある。

雨かぜに破れやすきをいとほしむ翁の無念を
たわむ芭蕉葉
芭蕉葉の蔭にあそびし翁さり青扇そよぐ野に
立ちつくす

この二首は、「翁」が芭蕉であることを、「芭蕉葉」によって暗示した歌だろう。
『斎庭』が刊行される前年に上梓された山中智恵子の第十六歌集『玉菨鎮石』にも、「青扇」という同じタイトルの章段がある。「青扇」は、山中が親しく使用した語彙の一つであり、第三歌集『みずかありなむ』には、「水くぐる青き扇をわがことば創りたまへるかの夜へ献《おく》る」が収録されている。「青扇」の章は、「暁の紡錘」の章と併せ、芭蕉、山中、前川の創作上のつながりを考える上で注意すべき章段である。

*

枯れがれの木立をゆけばうつせみの身の透き
とほる黄昏《たそかれ》は来ぬ　「死の季節」
雪おもみ生木裂かるる音すなり白き樹身を出
でゆく木霊　「雪のゆふぐれ」
炎天のふさふ佐美雄忌たましひは赫奕として
われら照らしぬ　「後影」
後影みずかなりなむところまで草茫茫として
道ほそりたり　同
夕づく日一樹の影を画きそめてその西方に召
されしひとよ　「ありてなし」
秋ふかき空のあをさに墜ちゆくを片雲の風さ
そふ永遠《とは》の旅人　「野ざらしの」
こがらしのこゑにまじりて聞こえしは枯野を
駆ける夢びとの吟　同

『斎庭』の後半から、目を留めた歌を引用した。最後の二首は、芭蕉を詠んだ歌である。タイトルの「野ざらしの」は、『野ざらし紀行』収録の芭蕉の名句「野ざらしを心に風のしむ身かな」からの命名だろう。芭蕉へのオマージュの歌として、芭蕉作品の語彙を巧みに織り込んでいる。前川には、第二歌集『逆髪』にも芭蕉を詠んだ歌があり、芭蕉への思い入れの強さが感受される。「後影」で詠まれた、佐美雄への追悼歌も深く心に残る。

*

『斎庭』の掉尾の章は、三島由紀夫の最後の長編小説、『豊饒の海』全四巻に基づく連作である。最終章「天人五衰」には、『春の雪』、『奔馬』、『暁の寺』、『天人五衰』の四冊が、その内容を反映しつつ時系列で詠まれている。そして、タイトルからもわかるように、この四冊の中で最も関心の高いのが『天人五衰』である。

春の雪いのちあやふしものに触れ地にふるる
とき消ぬべき恋は
白馬のあかときかけて奔る間のひと生《よ》とおも
へ霰たばしる
たぐひなき楽の輪廓たどりつつ夢解かれゆく
暁の寺
天人にあらねどわれに五衰あり夢に見えたり
午睡のゆめに
豊饒なる不毛の海に漕ぎいづる孤舟のみこむ
午後の日ざかり
ゆるやかに五衰の相はあらはれむ明るすぎる
日ざかりの庭

冒頭の三首と最後の三首を引用した。冒頭の三首には、『春の雪』、『奔馬』、『暁の寺』が小説の内容に即して詠まれている。『天人五衰』をモチーフとした次の三首も、小説の内容に即している点は同じだが、より自己に引きつけた世界が詠われる。『斎庭』の掉尾の歌から、巻頭歌「存在の先ゆく言葉わが肉に宿りておのれ蝕まんとす」を望むとき、「みずからの内奥のくらがりが歌を詠む行為によって照らし出されてゆくその内なる庭こそ斎庭なのだ」という前川の言葉が思い浮かぶ。前川の歌を通した思いの結実が、ここに完結していることを思わないではいられないからである。「明るすぎる日ざかりの庭」に漂う、ほのかな虚無の気配とともに……。

（書き下ろし）

負託された悲歌
――『斎庭』評

市原克敏

この歌集の中には存在の原生的感覚が漲っている。山川草木の圧力に挫がれる魂の歓喜、不安、飢渇がある。通常の感覚のありかたを乖離しつつ、それゆえに存在の深部のリアリティを獲得する。

猛き陽に爛れしをるる葛の葉の裏みす隙にくれなゐくらむ
生れし日の瞼の底ゆひたひたと水嵩ましつつ濁り水ゆく
ひとたびは捨て置きさりし襤褸さへ赤裸なこころ包むきさらぎ

生存の様相、生存の痛み、汚辱の自覚を把み出す言葉として、現象を自在に観照している。眼前の事象のスケッチではない。外界は存在する魂のドラマの要素としてのみ構成される。

炎天のふさふ佐美雄忌たましひは赫奕として
われら照らしぬ

前川佐美雄は七月十五日、季節が濃密な炎暑の夏に駆けのぼろうとする時に他界。だがこの歌は命日と季節と佐美雄のたましいの一致を詠っているのではない。佐美雄の他界がどの季節であろうと、そのたましいは赫奕として生者を照らすべき炎天、と告知する。斎庭、まさしく聖なる空間が開く。

とめどなく落葉《らくえふ》の雨ふりしきるこころの秋の
黄金《きん》のたそがれ

詩魂にとっては至福の時間を形象化する。ことばが没落する心にとめどなく生成する。だがここには、形象を類型的詞美に拉し去る修辞的陶酔がある。詞美への陶酔を詩の頽廃たらしめぬ詩魂のたえざる斎戒が、この作者の制作の最大の負荷となるにちがいない。

原生的とも言うべき強く生々しい形象に前川氏の独異な本領があり、そこが尽きない魅力だ。

冬の雲じつと動ぬいつまでも身じろきならぬ
我が影ならん

かれがれの野辺のほそ道分け入りて二月の雲
雀さがしあぐぬる

白き破片ただよふ鷗にまぎれんと眼《まなこ》こらせば
悲しみ来たる

刈りとれぬ人のこころの底ふかく生ふる玉藻
のことの葉しげき

前川氏の言葉は比類なく詩を喚起する。詩とは存在が刺さる言葉の傷口である。逆ではない。そこにあふれる非在こそ氏の言葉の飢渇であり、悲嘆の源泉となる。このような非在へ魂を放ち、なにか地上の生につかのま滞在しているかのように現存することが、なぜ可能なのか。負託に選ばれた詩魂の人にちがいない。

（「MUSES」第85号、平成一三年新緑号）

物のある歌
――『斎庭』評

菱川善夫

われもまたこの草迷宮を宿とせむ鳥獣虫魚のこゑみつる季《とき》　前川斎子

迷いこんだら出口のわからないのが〈迷宮〉だが、うっそうと繁《しげ》った草野は、まさしく迷宮のような仕組みを思わせる。それだけに、その内部は、単純な構造物と違い、複雑で神秘的な魅力をたたえているが、それを「草迷宮」と名づけ、作者はそこに「宿」を定めることにした。「鳥獣虫魚のこゑ」が天地に満ちあふれる季節こそ、鳥や虫に変化《へんげ》して、「草迷宮」の魔をたのしむかっこうの季節である。

この「野」へのあこがれを、作者は誰から受けついだのか。前川佐美雄である。佐美雄の反近代の思想を育てたのが「野」であることは、『植物祭』（一九三〇年）や『白鳳』（一九四二年）にあきらかだが、その反逆の思想をも正しく受けついでいることは、次の作品にあきらか。

潜みゐん鳥けだものよ出でて来よ反逆の斧の
柄朽ちはてぬまに

野に潜んでいる「鳥けだもの」にむかって「出でて来よ」と呼びかける。私の手にしている「反逆の斧《おの》の柄」が朽ちてからではおそい。その斧の朽ちぬまにあらわれよ、という誘いは、そのまま佐美雄の復活を思わせる。

あかときの光のなかをしなやかなけものとな
りて君かけたまへ

この「君」も前川佐美雄であろう。鎮魂が美しい賛歌の形をとって口をついた。

（「北海道新聞」平成一五年六月二二日発行）

豊穣な他界観
——『逆髪』評

渡　英子

あくがるるたましひの行末逆髪《さかがみ》よ逢坂山をふ
り向くなゆめ

逆髪は能の狂女物「蟬丸」の古称。逢坂山に棲む盲目の琵琶の名手の弟宮蟬丸を訪ね、共に身の不運を嘆き合ったのちの姉宮逆髪の漂泊を詠んだものだろう。

逆髪は髪が逆立つという異常の謂であるが、同音の坂神、境界の神も意味する。巻頭に置かれたこの歌には聖痕のように宿痾を負った逆髪の流離の物語に、作者の遊離魂が重ねられている。

子を産みし海ふかき夜を累累とかさね来たり
し妣の妣の妣

妣は死ののちの母。生は死を孕み、死はまた生を孕む。死と復活の循環は日本古来の死生観であり死が終末でないことを示している。

春雷の真夜に産まれしをの子なれひとみに宿
すいかづちのかげ

雷は天空から降臨するものであり、天与のものとして吾子を眺める眼差しに独自のものがありうつくしい。

現代を生きながら個に執さない作者の感性はまた、ことばを持たない存在と親和して不思議な作品世界を表出している。

野良猫の屍ひとつも見あたらずゆめの石塚に
猫石化《せつか》せし
疾駆する形に四肢をととのへて死後硬直の刻
を待たなむ

死期を悟って行方を絶った野良猫が「ゆめの石塚」に石化している姿形も、疾駆した形となって死後硬直を迎えた犬にも生の続きのステージとしての死後の世界がある。仏教やキリスト教の持たぬゆたかな他界観であって注目した。

春かすみ何も見えねば伊勢の海に亡きひと恋
ふる千鳥しき鳴く

長逝された山中智恵子氏への悼歌も挽歌《ひきうた》というより死者を引き寄せて親しむおもむきを持つ。上二句に佐美雄の歌を引くことで、詩の血脈の濃密を伝え、千鳥の声は魂呼ばいの連想を呼ぶ。

そのふかきため息の緒を変若《を》ちかへる死者と
はかくも親しきものか
ところ得ぬたましひふはふは伊勢のうみ春の
みぎはに鳥とあそべり

「不思議なことに、生前にはとおく隔っていた人たちが、死後かえって親密に感じられる」とあとがきに記されているように、死によって時空をこえた魂逢いの場を作者は得られている。

挽歌の多い本書であるが異類や異界との交歓を通して民族の古層にある豊穣な死生観に届いている。死もまた生のひとつの過程であることを静かに示す本書『逆髪』は『斎庭』につづく作者の第二歌集である。

（短歌総合新聞「梧葉」二〇〇七年一〇月二五日発行）

恋に消えて

――『逆髪』評

古谷智子

集題の「逆髪」は、醍醐天皇の皇子でありながら逢坂山に捨てられた盲目の皇子蝉丸の姉宮の名である。人生を諦観して琵琶法師となった弟とは違い、姉は狂乱の放浪者となった。能「蝉丸」に描かれた実在しない人物だが、誰の心にも存在する秘めた情念を具現したかのような女人だ。この歌集に漂う静かで深い情感によく見合う集題だと思った。

悲しみの種を蒔きしはわれならん刈りとれぬほど花さきみだれ

ひらひらと風に揺れゐる草の葉の手招くほどに寂しき日なり

かなしみは春のあらしと吹きすさび地を這ふ鳥の子らを蹴ちらす

いずれの歌も底深い寂しさに満ちている。

一首目の「悲しみの種」と「刈りとれぬほどの花」の対比は美と豊穣を逆説的に捉えて詠っており、複雑な言葉の綾と心情の表現が魅力的だ。「われならん」という慎ましい身の引き方も本歌集の特徴の一つに思われた。

二首目の「草の葉の手招くほどに」という繊細な感情移入には、作者の静かな眼差と、覚悟を決めた人の心の位置が見える。

三首目は、悲哀が時としては激しい形をとるものであることが詠まれている。悲しみと春嵐を対比させた上句には、強い恋情も漂う。極まった悲しみは、小鳥さえ蹴散らす残酷さを持っている。こうした底なしの悲哀はどこからくるものだろう。


鉦叩き声をたよりに近づけばこの小さきちさき虫の懸命

骨壺に納められゆきし骨の嵩たへがたきまで尠なかりしを

死んだふりしてゐるやうに死んでゐる黒犬の眼しづかなる沼

こゑあげてわれに近づく野良猫の三本足が小走りに来る

鉦叩きは一センチに満たない虫で姿を見ることはあまりない。こうした身近な小動物や植物に寄せる強い愛着は、とりもなおさず存在そのものへの共感であり、慈しみだろう。

「骨壺の骨の嵩」があまりにも少なくて耐え難いという下句には、その人への強い愛惜が籠もる。どの歌にも作者の稀有な優しさがあると同時に、すべての命を司る時間の酷薄さへの諦めきれない思いが滲んでいる。


風すさぶ青葉の木末のせめぎあふ声たへがたし夏のをはりは

ひとつ事終へてもぬけとなりし身のしぐれを

過ぐし冬に入りゆく
どろどろに崩れゆく自画像真直ぐに視つめて
ありし青春ありき

集中には季節の変化を抑制の利いた美しい律で詠んだ歌が数多くある。滅びへと向かう季節の移行に敏で、そこに一際哀切な響きがある。敗者に加担する歌も印象的だ。

物事の移行といえば「冬に入りゆく」や「崩れゆく」のように、動詞の連用形に「ゆく」とつながる補助動詞が多く見られる。それは変化して止まない時の流れを無意識の内に感受している証に思われた。滅びるからこそ今を真摯に、そして未来を恃みに生きようとする思いが特に印象的な二首を挙げる。

知らぬまに近づきすぎて見え分かぬいとしき
ものの目鼻口さへ
春を待つこころはつひに恋に消てまだみぬ人
の影そよぐなり

滅びを惜しみながら、時空の変化にしなやかに耐える著者の静謐な物狂いが美しい集だ。

（「短歌往来」平成二〇年一月号）

透徹した作歌精神
——『逆髪』評

時田則雄

『斎庭』につづく著者の第二歌集。二〇〇一年三月から同七年一月までの作品三九五首が収められている。あとがきに、「この間、身近な人々との永別が、あまたありました。そのためにこの集は挽歌に埋めつくされてしまったような気さえします」とある。

とこしへにたどり着かざるさすらひの皇女《みこ》逆
髪の影つきまとふ

タイトルの『逆髪』は能のひとつ。『蟬丸』の古称で狂女物。本集の底にはこの『逆髪』の世界における念のようなものが静かに流れている。

現今の社会情勢を眺めてみると、子捨て親殺しは日常茶飯事。あふれるモノのなかで右往左往する人々の群れ。こうした殺伐とした世界の波に翻弄されながら著者も生きているのだが、収録歌からは、

わが影は置き去りになり熟れてゆく季《とき》の果実
街にあふるる

ながながと道草を食ふ犬とわれ迅速の世に乗
りおくれける

熾なる青葉若葉の日のひかり息切れなどはし
てはをられぬ

春のみづ渡らん人の脛をうつ風にあやうき影
かたむきぬ

うつくしき奔馬に托す身のゆくへ過剰なるも
の剝ぎ取られつつ

振りかざす正義のはたが血まみれの狂気はし
らす人の頭上に

のごとく、喧しさや俗事俗臭が透徹した作歌精神によって完全に剝ぎ取られ、独自の世界を醸し出している。日常を詠うのではなく、日常から詠うとは誰

の言か。くだくだと日常そのものを詠ったものをまとめた歌集が氾濫しているが、この『逆髪』はそれらとは一線を画している。

（角川「短歌」平成二〇年一月号）

妖しく艶なる世界
――『逆髪』評

喜多弘樹

投げかくる言葉のすゑを立ちのぼり雲とながるる雨と降りなむ

前川斎子さんの第二歌集『逆髪』は、「あくがるるたましひの行末逆髪《さかがみ》よ逢坂山をふり向くなゆめ」という謡曲『蟬丸』の舞台から始まる。考えてみれば、延喜帝（醍醐天皇）の第四皇子として生まれ、盲目ゆえに逢坂山にうち捨てられ、粗末な藁屋で雨露をしのぎつつ、自らの哀れな身を琵琶の音にたくして生きる蟬丸は異形の人物である。また、その姉である第三皇女の逆髪も、何の因果か髪が逆立つ物狂いの女性であり、この世にあってはやはり異形の存在である。謡曲では、姉弟が再会しお互いの境涯を嘆き悲しみ、ふたたび別れるという設定となっているが、この歌集の世界の逆髪、すなわち前川斎子さんは「死者と生者とのあわいを往還」（あとがき）した歳月を意識的に作歌のモチーフとする。
　繊細で、鋭く、そしてどこか艶を含んだ歌の数々にあこがれと同時にかすかな畏怖すら感じさせられる。なぜだろうか。

　わが影は置き去りになり熟れてゆく季《とき》の果実街にあふるる
　焼けただれ引き裂かれゆく夕雲のそらのはたてにものをこそ思へ
　鳥となり魚《うを》となり龍となる雲の面妖ながめくらしつ
　追ひつけぬ後姿《うしろで》さむきこの道を行く人ありと告げまゐらせむ

　日常のかなしみや嘆きも、歌の世界の中では妖しく燃え続くたましいの炎群となり、深いいつくしみの心へと変えられていく。斎子さんとは不思議な方だ。あたかも巫女のような聖性と女人のおどろおどろしい情念とが一首のしらべの中で溶け合っている不思議さ。

　知らぬまに近づきすぎて見え分かぬいとしきものの目鼻口さへ
　春のみづ渡らん人の脛をうつ風にあやふき影かたむきぬ
　ゆきずりに春昼ひそと向きあへるふたつの椅子のささめごと聴く
　水仙のかをりにふとも覚醒す何者を待ちてゐたりしわれか

　こうした一連の歌を相聞と言ってしまっていいものかどうか。無論、歌には謎めいた世界が自ずから孕まれており、読み手の想像力にたくされる部分が多い。そうでなければ歌はつまらぬ日常のルポへと堕してしまう。さかしらなものを捨てた時にこそ歌は輝く。

あの佐美雄の赤子のようなすさまじい詩的狂気を子（佐重郎）がしかと受け継ぎ、いつしかその連れ合いにまで滲み入ったのも、しごく自然なことであろう。

畢竟、挽歌とは恋歌でもある。そんな思いを勝手にめぐらせながら、私は歌集『逆髪』の世界に引き込まれていったのである。

（「日本歌人」二〇〇八年二月号）

しずかな重量感

——『逆髪』評

百々登美子

初対面の著者にはものしずかな人という印象を受けた。歌集『逆髪』を読むと著者の内深くには隠された火があるように思えて、読み過ごせないものがある。

とこしへにたどり着かざるさすらひの皇女《みこ》逆髪の影つきまとふ

能の『蟬丸』には、「翠の髪は空さまに生ひ上つて、撫づれども下らず」と狂れの皇女「逆髪」の姿がある。著者は、死者と生者の間に立つ神、境の神として集名に選んだという。髪には古くから神が宿るといわれていることを思うと、そこに神を見ても不思議ではない気がする。狂れもまた尋常な人の領域ではない。

山ふかく分け入るほどに山みえずいづくか指してわが歩み来し

身近のあまたの永別から、山深くへの歩みは始まったのだろう。この歩みもさすらいのようであったことは「いづくか指して」のなかに見えている。行き着くはずもない山行をあえてする著者に心惹かれる。

うつそみを骸《むくろ》となせばはしきやし落ちくるあめの声聞こゆなり

能を演じ鼓をよくされるという人なればこそと思える歌である。この前には「死に絶ゆるわれにもあらず神遊びせむ」がある。ここには「骸となせば」がある。神の前に舞台をつとめるすさまじいまでの気迫にたじろがされる。このときの様子は、神が演者におりるさまを想像させる。もし「骸」が闇のものならば、「あめの声」はひかりへもどるもの。そこには擬死再生の作用があるのではないかと思う。死と生は対立する位置にあるもののような考えもあるが、ときには互いに融合しうるものだろうかと思ったりもした。

子を産みし海ふかき夜を累累とかさね来たりし妣の妣の妣

おほちちの描きし桜花《あうくわ》めつむれば直《ただ》に見えつるしろじろと闇

生臭き魚を割くこそかなしけれ春ものうき身に血潮のにほふ

をりにふとわがかたはらに黒猫は半眼のさまに端座してをり

この集のしずかな重量感はこうした歌の多くが、悲愁をこえた生を納得させるものがあるからである。むしろ死を永遠に感じることができるように思う。

永遠であるからこそ死者を自由に親しむことができるのだろう。

のどかなる鼓ヶ浦の朝がすみ渚にあそぶ鳥にまぎれて

「悼 山中智恵子氏」の一連は氏の愛した渚に幾度も足を運んでの歌である。「鳥にまぎれて」あそぶ、これこそが何よりの鎮魂であろうと思う。そこに亡き人を彷彿とさせる。

抱きしむるをさな児の身内そくそくと同じ血しほのとほき潮騒

生の暖かさもこの歌集の幅を広げていて読み応えがある。

（「日本歌人」二〇〇八年二月号）

前川斎子歌集　　現代短歌文庫第150回配本

2020年6月16日　初版発行

著　者　前　川　斎　子
発行者　田　村　雅　之
発行所　砂　子　屋　書　房
〒101-0047　東京都千代田区内神田3-4-7
電話　03－3256－4708
Fax　03－3256－4707
振替　00130－2－97631
http://www.sunagoya.com

装本・三嶋典東　　落丁本・乱丁本はお取替いたします

現代短歌文庫

（　）は解説文の筆者

①三枝浩樹歌集
『朝の歌』全篇

②佐藤通雅歌集（細井剛）
『薄明の谷』全篇

③高野公彦歌集（河野裕子・坂井修一）
『汽水の光』全篇

④三枝昂之歌集（山中智恵子・小高賢）
『水の覇権』全篇

⑤阿木津英歌集（笠原伸夫・岡井隆）
『紫木蓮まで・風舌』全篇

⑥伊藤一彦歌集（塚本邦雄・岩田正）
『瞑鳥記』全篇

⑦小池光歌集（大辻隆弘・川野里子）
『バルサの翼』『廃駅』全篇

⑧石田比呂志歌集（玉城徹・岡井隆他）
『無用の歌』全篇

⑨永田和宏歌集（高安国世・吉川宏志）
『メビウスの地平』全篇

⑩河野裕子歌集（馬場あき子・坪内稔典他）
『森のやうに獣のやうに』『ひるがほ』全篇

⑪大島史洋歌集（田中佳宏・岡井隆）
『藍を走るべし』全篇

⑫雨宮雅子歌集（春日井建・田村雅之他）
『悲神』全篇

⑬稲葉京子歌集（松永伍一・水原紫苑）
『ガラスの檻』全篇

⑭時田則雄歌集（大金義昭・大塚陽子）
『北方論』全篇

⑮蒔田さくら子歌集（後藤直二・中地俊夫）
『森見ゆる窓』全篇

⑯大塚陽子歌集（伊藤一彦・菱川善夫）
『遠花火』『酔芙蓉』全篇

⑰百々登美子歌集（桶谷秀昭・原田禹雄）
『盲目木馬』全篇

⑱岡井隆歌集（加藤治郎・山田富士郎他）
『鵞卵亭』『人生の視える場所』全篇

⑲玉井清弘歌集（小高賢）
『久露』全篇

⑳小高賢歌集（馬場あき子・日高堯子他）
『耳の伝説』『家長』全篇

㉑佐竹彌生歌集（安永蕗子・馬場あき子他）
『天の螢』全篇

㉒太田一郎歌集（いいだもも・佐伯裕子他）
『墳』『蝕』『獵』全篇

現代短歌文庫

（　）は解説文の筆者

㉓春日真木子歌集（北沢郁子・田井安曇他）
『野菜涅槃図』全篇

㉔道浦母都子歌集（大原富枝・岡井隆）
『無援の抒情』『水憂』『ゆうすげ』全篇

㉕山中智恵子歌集（吉本隆明・塚本邦雄他）
『夢之記』全篇

㉖久々湊盈子歌集（小島ゆかり・樋口覚他）
『黒鍵』全篇

㉗藤原龍一郎歌集（小池光・三枝昂之他）
『夢みる頃を過ぎても』『東京哀傷歌』全篇

㉘花山多佳子歌集（永田和宏・小池光他）
『樹の下の椅子』『楕円の実』全篇

㉙佐伯裕子歌集（阿木津英・三枝昂之他）
『未完の手紙』全篇

㉚島田修三歌集（筒井康隆・塚本邦雄他）
『晴朗悲歌集』全篇

㉛河野愛子歌集（近藤芳美・中川佐和子他）
『黒羅』『夜は流れる』『光ある中に』（抄）他

㉜松坂弘歌集（塚本邦雄・由良琢郎他）
『春の雷鳴』全篇

㉝日高堯子歌集（佐伯裕子・玉井清弘他）
『野の扉』全篇

㉞沖ななも歌集（山下雅人・玉城徹他）
『衣裳哲学』『機知の足首』全篇

㉟続・小池光歌集（河野美砂子・小澤正邦）
『日々の思い出』『草の庭』全篇

㊱続・伊藤一彦歌集（築地正子・渡辺松男）
『青の風土記』『海号の歌』全篇

㊲北沢郁子歌集（森山晴美・富小路禎子）
『その人を知らず』を含む十五歌集抄

㊳栗木京子歌集（馬場あき子・永田和宏他）
『水惑星』『中庭』全篇

㊴外塚喬歌集（吉野昌夫・今井恵子他）
『喬木』全篇

㊵今野寿美歌集（藤井貞和・久々湊盈子他）
『世紀末の桃』全篇

㊶来嶋靖生歌集（篠弘・志垣澄幸他）
『笛』『雷』全篇

㊷三井修歌集（池田はるみ・沢口芙美他）
『砂の詩学』全篇

㊸田井安曇歌集（清水房雄・村永大和他）
『木や旗や魚らの夜に歌った歌』全篇

㊹森山晴美歌集（島田修二・水野昌雄他）
『グレコの唄』全篇

現代短歌文庫

（　）は解説文の筆者

㊺上野久雄歌集（吉川宏志・山田富士郎他）
『夕鮎』抄、『バラ園と鼻』抄他

㊻山本かね子歌集（蒔田さくら子・久々湊盈子他）
『ものどらま』を含む九歌集抄

㊼松平盟子歌集（米川千嘉子・坪内稔典他）
『青夜』『シュガー』全篇

㊽大辻隆弘歌集（小林久美子・中山明他）
『水廊』『抱擁韻』全篇

㊾秋山佐和子歌集（外塚喬・一ノ関忠人他）
『羊皮紙の花』全篇

㊿西勝洋一歌集（藤原龍一郎・大塚陽子他）
『コクトーの声』全篇

(51)青井史歌集（小高賢・玉井清弘他）
『月の食卓』全篇

(52)加藤治郎歌集（永田和宏・米川千嘉子他）
『昏睡のパラダイス』『ハレアカラ』全篇

(53)秋葉四郎歌集（今西幹一・香川哲三）
『極光―オーロラ』全篇

(54)奥村晃作歌集（穂村弘・小池光他）
『鴇色の足』全篇

(55)春日井建歌集（佐佐木幸綱・浅井愼平他）
『友の書』全篇

(56)小中英之歌集（岡井隆・山中智恵子他）
『わがからんどりえ』『翼鏡』全篇

(57)山田富士郎歌集（島田幸典・小池光他）
『アビー・ロードを夢みて』『羚羊譚』全篇

(58)続・永田和宏歌集（岡井隆・河野裕子他）
『華氏』『饗庭』全篇

(59)坂井修一歌集（伊藤一彦・谷岡亜紀他）
『群青層』『スピリチュアル』全篇

(60)尾崎左永子歌集（伊藤一彦・栗木京子他）
『彩紅帖』全篇『さるびあ街』（抄）他

(61)続・尾崎左永子歌集（篠弘・大辻隆弘他）
『春雪ふたたび』『星座空間』全篇

(62)続・花山多佳子歌集（なみの亜子）
『草舟』『空合』全篇

(63)山埜井喜美枝歌集（菱川善夫・花山多佳子他）
『はらりさん』全篇

(64)久我田鶴子歌集（高野公彦・小守有里他）
『転生前夜』全篇

(65)続々・小池光歌集
『時のめぐりに』『滴滴集』全篇

(66)田谷鋭歌集（安立スハル・宮英子他）
『水晶の座』全篇

現代短歌文庫

（　）は解説文の筆者

㊼今井恵子歌集（佐伯裕子・内藤明他）
『分散和音』全篇

㊽続・時田則雄歌集（栗木京子・大金義昭）
『夢のつづき』『ペルシュロン』全篇

㊾辺見じゅん歌集（馬場あき子・飯田龍太他）
『水祭りの桟橋』『闇の祝祭』全篇

㊿続・河野裕子歌集
『家』全篇、『体力』『歩く』抄

71 続・石田比呂志歌集
『孑孑』『忘八』『涙壺』『老猿』『春灯』抄

72 志垣澄幸歌集（佐藤通雅・佐佐木幸綱）
『空壜のある風景』全篇

73 古谷智子歌集（来嶋靖生・小高賢他）
『神の痛みの神学のオブリガード』全篇

74 大河原惇行歌集（田井安曇・玉城徹他）
未刊歌集『昼の花火』全篇

75 前川緑歌集（保田與重郎）
『みどり抄』全篇、『麥穂』抄

76 小柳素子歌集（来嶋靖生・小高賢他）
『獅子の眼』全篇

77 浜名理香歌集（小池光・河野裕子）
『月兎』全篇

78 五所美子歌集（北尾勲・島田幸典他）
『天姥』全篇

79 沢口芙美歌集（武川忠一・鈴木竹志他）
『フェベ』全篇

80 中川佐和子歌集（内藤明・藤原龍一郎他）
『霧笛橋』全篇

81 斎藤すみ子歌集（菱川善夫・今野寿美他）
『遊楽』全篇

82 長澤ちづ歌集（大島史洋・須藤若江他）
『海の角笛』全篇

83 池本一郎歌集（森山晴美・花山多佳子）
『未明の翼』全篇

84 小林幸子歌集（小中英之・小池光他）
『枇杷のひかり』全篇

85 佐波洋子歌集（馬場あき子・小池光他）
『光をわけて』全篇

86 続・三枝浩樹歌集（雨宮雅子・里見佳保他）
『みどりの揺籃』『歩行者』全篇

87 続・久々湊盈子歌集（小林幸子・吉川宏志他）
『あらばしり』『鬼龍子』全篇

88 千々和久幸歌集（山本哲也・後藤直二他）
『火時計』全篇

現代短歌文庫

（　）は解説文の筆者

89 田村広志歌集（渡辺幸一・前登志夫他）
『島山』全篇

90 入野早代子歌集（春日井建・栗木京子他）
『花凪』全篇

91 米川千嘉子歌集（日高堯子・川野里子他）
『夏空の櫂』『一夏』全篇

92 続・米川千嘉子歌集（栗木京子・馬場あき子他）
『たましひに着る服なくて』『一葉の井戸』全篇

93 桑原正紀歌集（吉川宏志・木畑紀子他）
『妻へ。千年待たむ』全篇

94 稲葉峯子歌集（岡井隆・美濃和哥他）
『杉並まで』全篇

95 松平修文歌集（小池光・加藤英彦他）
『水村』全篇

96 米口實歌集（大辻隆弘・中津昌子他）
『ソシュールの春』全篇

97 落合けい子歌集（栗木京子・香川ヒサ他）
『じゃがいもの歌』全篇

98 上村典子歌集（武川忠一・小池光他）
『草上のカヌー』全篇

99 三井ゆき歌集（山田富士郎・遠山景一他）
『能登往還』全篇

100 佐佐木幸綱歌集（伊藤一彦・谷岡亜紀他）
『アニマ』全篇

101 西村美佐子歌集（坂野信彦・黒瀬珂瀾他）
『猫の舌』全篇

102 綾部光芳歌集（小池光・大西民子他）
『水晶の馬』『希望園』全篇

103 金子貞雄歌集（津川洋三・大河原惇行他）
『邑城の歌が聞こえる』全篇

104 続・藤原龍一郎歌集（栗木京子・香川ヒサ他）
『嘆きの花園』『１９××』全篇

105 遠役らく子歌集（中野菊夫・水野昌雄他）
『白馬』全篇

106 小黒世茂歌集（山中智恵子・古橋信孝他）
『猿女』全篇

107 光本恵子歌集（疋田和男・水野昌雄）
『薄氷』全篇

108 雁部貞夫歌集（堺桜子・本多稜）
『崑崙行』抄

109 中根誠歌集（来嶋靖生・大島史洋雄他）
『境界』全篇

110 小島ゆかり歌集（山下雅人・坂井修一他）
『希望』全篇

現代短歌文庫

（　）は解説文の筆者

111 木村雅子歌集（来嶋靖生・小島ゆかり他）
『星のかけら』全篇

112 藤井常世歌集（菱川善夫・森山晴美他）
『氷の貌』全篇

113 続々・河野裕子歌集
『季の栞』『庭』全篇

114 大野道夫歌集（佐佐木幸綱・田中綾他）
『春吾秋蟬』全篇

115 池田はるみ歌集（岡井隆・林和清他）
『妣が国大阪』全篇

116 続・三井修歌集（中津昌子・柳宣宏他）
『風紋の島』全篇

117 王紅花歌集（福島泰樹・加藤英彦他）
『夏暦』全篇

118 春日いづみ歌集（三枝昂之・栗木京子他）
『アダムの肌色』全篇

119 桜井登世子歌集（小高賢・小池光他）
『夏の落葉』全篇

120 小見山輝歌集（山田富士郎・渡辺護他）
『春傷歌』全篇

121 源陽子歌集（小池光・黒木三千代他）
『透過光線』全篇

122 中野昭子歌集（花山多佳子・香川ヒサ他）
『草の海』全篇

123 有沢螢歌集（小池光・斉藤斎藤他）
『ありすの杜へ』全篇

124 森岡貞香歌集
『白蛾』『珊瑚數珠』『百乳文』全篇

125 桜川冴子歌集（小島ゆかり・栗木京子他）
『月人壮子』全篇

126 柴田典昭歌集（小笠原和幸・井野佐登他）
『樹下逍遙』全篇

127 続・森岡貞香歌集
『黛樹』『夏至』『敷妙』全篇

128 角倉羊子歌集（小池光・小島ゆかり）
『テレマンの笛』全篇

129 前川佐重郎歌集（喜多弘樹・松平修文他）
『彗星紀』全篇

130 続・坂井修一歌集（栗木京子・内藤明他）
『ラビュリントスの日々』『ジャックの種子』全篇

131 新選・小池光歌集
『静物』『山鳩集』全篇

132 尾崎まゆみ歌集（馬場あき子・岡井隆他）
『微熱海域』『真珠鎖骨』全篇

現代短歌文庫

（　）は解説文の筆者

133 続々・花山多佳子歌集（小池光・澤村斉美）
『春疾風』『木香薔薇』全篇

134 続・春日真木子歌集（渡辺松男・三枝昻之他）
『水の夢』全篇

135 吉川宏志歌集（小池光・永田和宏他）
『夜光』『海雨』全篇

136 岩田記未子歌集（安田章生・長沢美津他）
『日月の譜』を含む七歌集抄

137 糸川雅子歌集（武川忠一・内藤明他）
『水螢』全篇

138 梶原さい子歌集（清水哲男・花山多佳子他）
『リアス／椿』全篇

139 前田康子歌集（河野裕子・松村由利子他）
『色水』全篇

140 内藤明歌集（坂井修一・山田富士郎他）
『海界の雲』『斧と勾玉』全篇

141 続・内藤明歌集（島田修三・三枝浩樹他）
『夾竹桃と葱坊主』『虚空の橋』全篇

142 小川佳世子歌集（岡井隆・大口玲子他）
『ゆきふる』全篇

143 髙橋みずほ歌集（針生一郎・東郷雄二他）
『フルヘッヘンド』全篇

144 恒成美代子歌集（大辻隆弘・久々湊盈子他）
『ひかり凪』全篇

145 続・道浦母都子歌集（新海あぐり）
『風の婚』全篇

146 小西久二郎歌集（香川進・玉城徹他）
『湖に墓標を』全篇

147 林和清歌集（岩尾淳子・大森静佳他）
『木に縁りて魚を求めよ』全篇

148 続・中川佐和子歌集（日高堯子・酒井佐忠他）
『春の野に鏡を置けば』『花桃の木だから』全篇

149 谷岡亜紀歌集（佐佐木幸綱・菱川善夫他）
『臨界』抄、『闇市』抄、他

150 前川斎子歌集（江田浩司・渡英子他）
『斎庭』『逆髪』全篇

（以下続刊）

水原紫苑歌集　篠弘歌集
馬場あき子歌集　黒木三千代歌集
石井辰彦歌集